Conrad Ferdinand   Meyer

Die Richterin

Conrad Ferdinand Meyer

Die Richterin

ISBN/EAN: 9783337355036

Hergestellt in Europa, USA, Kanada, Australien, Japan

Cover: Foto ©Andreas Hilbeck / pixelio.de

Weitere Bücher finden Sie auf **www.hansebooks.com**

Die Richterin

Novelle

Conrad Ferdinand Meyer

Erstes Kapitel

"Precor sanctos apostolos Petrum er Paulum!" psalmodierten
die Mönche auf Ara Cöli, während Karl der Große unter
dem lichten Himmel eines römischen Märztages die ziemlich
schadhaften Stufen der auf das Kapitol führenden Treppe
emporstieg. Er schritt feierlich unter der Kaiserkrone, welche
ihm unlängst zu seinem herzlichen Erstaunen Papst Leo in
rascher Begeisterung auf das Haupt gesetzt. Der Empfang
des höchsten Amtes der Welt hatte im Ernste seines
Antlitzes eine tiefe Spur gelassen. Heute, am Vorabend seiner
Abreise, gedachte er einer solennen Seelenmesse für das Heil
seines Vaters, des Königs Pippin, beizuwohnen.

Zu seiner Linken ging der Abt Alcuin, während ein Gefolge

von Höflingen, die aus allen Ländern der Christenheit zusammengewählte Palastschule, sich in gemessener Entfernung hielt, halb aus Ehrerbietung, halb mit dem Hintergedanken, in einem günstigen Augenblicke sich sachte zu verziehen und der Messe zu entkommen. Die vom Wirbel zur Zehe in Eisen gehüllten Höflinge schlenderten mit gleichgültiger Miene und hochfahrender Gebärde in den erlauchten Stapfen, die Begrüßung der umstellenden Menge mit einem kurzen Kopfnicken erwidernd und sich über nichts verwundern wollend, was ihnen die Ewige Stadt Großes und Ehrwürdiges vor das Auge stellte.

Jetzt hielten sie vor der ersten Stufe, während oben auf dem Platze Karl mit Alcuin bei dem ehernen Reiterbilde stillestand. "Ich kann es nicht lassen", sagte er zu dem gelehrten Haupte, "den Reiter zu betrachten. Wie mild er über der Erde waltet! Seine Rechte segnet! Diese Züge müssen ähnlich sein."

Da flüsterte der Abt, den der Hafer seiner Gelehrsamkeit stach: "Es ist nicht Constantin. Das hab ich längst heraus. Doch ist es gut, daß er dafür gelte, sonst wären Reiter und Gaul in der Flamme geschmolzen." Der kleine Abt hob sich auf die Zehen und wisperte dem großen Kaiser ins Ohr: "Es ist der Philosoph und Heide Marc Aurel." "Wirklich?" lächelte Karl.

Sie gingen der Pforte von Ara Cöli zu, durch welche sie verschwanden, der Kaiser schon in Andacht vertieft, so daß er einen netten jungen Menschen in rätischer Tracht nicht beachtete, der unferne stand und durch die ehrfürchtigsten Grüße seine Aufmerksamkeit zu erregen suchte.

"Halt, Herren", rief einer der inzwischen bei dem Reiterbilde angelangten Höflinge und fing rechts und links die Hände der neben ihm Wandelnden, "jetzt, da alles treibt und

3

schwillt"—Erd- und Lenzgeruch kam aus nahen Gärten—, "will ich meinen Becher und was mir sonst lieb ist mit Veilchen bekränzen, aber keinen Weihrauch trinken, am wenigsten den einer Totenmesse. Ich habe hier herum eine Schenke entdeckt mit dem steinernen Zeichen einer saugenden Wölfin. Das hat mir Durst gemacht. Sehen wir uns noch ein bißchen den Reiter an und verduften dann in die Tabernen."

"Wer ist's?" fragte einer.

"Ein griechischer Kaiser"

"Den setzen wir ab"—

"Wie er die Beine spreizt!"—

"Reitet der Kerl in die Schwemme?"—

"Holla, Stallknecht!"—

"Nettes Tier!"—

"Wülste wie ein Mastschwein!"

So ging es Schlag auf Schlag, und ein frecher Witz überblitzte den andern. Das antike Roß wurde gründlich und unbarmherzig kritisiert.

Der artige Räter hatte sich nach und nach dem Kreise der Spötter genähert. Seine Absicht schien, zwischen zwei Gelächtern in ihre Gruppe zu gelangen und auf eine unverfängliche Weise mit der Schule anzuknüpfen. Aber die Höflinge achteten seiner nicht. Da faßte er sich ein Herz und sprach in vernehmlichen Worten zu sich selbst: "Erstaunliche Sache, diese Palastschule, und ein Günstling des Glücks, wer ihr angehören darf!"

4

Über eine gepanzerte Schulter wendete sich ein junger Rotbart und sprach gelassen: "Wir schwänzen sie meistenteils." Dann kehrte sich der ganze Höfling, ein baumlanger Mensch, und fragte den Räter mit einem spöttischen Gesichte: "Welcher Eltern rühmst du dich, Knabe?"

Dieser gab vergnügten Bescheid. "Ich bin der Neffe des Bischofs Felix in Chur und mit seinen Briefen an den Heiligen Stuhl geschickt."

"Räter", sprach der Lange ernsthaft, "du bist an den Quell der Wahrheit gesendet. Hier stehst du auf den Schwellen der Apostel und über den Grüften unzähliger Bekenner. Lege wahrhaftes Zeugnis ab und bekenne tapfer: Ich bin der Sohn des Bischofs."

Eben intonierten die Mönche von Ara Cöli mit jungen und markigen Stimmen die dunkle Klage und flehende Entschuldigung: "Concepit in iniquitatibus me mater mea!"

"Hörst du", und der Höfling deutete nach der Kirche, "die dort wissen es!" Der ganze Haufe schlug eine schallende Lache auf.

Der kluge Bischofsneffe hütete sich, in Zorn zu geraten. Mit einem flüchtigen Erröten und einer leichten Wendung des Kopfes sagte er. "Bischof Felix, der im Schatten seiner Berge die aus eurer Schule aufsteigende Sonne der Bildung mit frommem Jubel begrüßt, hat mir den Auftrag gegeben, für seine jung gebliebene Lernbegierde einige Hauptschriften der erwachenden Wissenschaft und insbesondere das unvergleichliche Büchlein der Disputationen des Abtes Alcuin zu erwerben. Nun wird erzählt, dieser große und gute Lehrer habe jeden von euch mit einem kostbaren Exemplare ausgerüstet, und ich meine nur, einer dieser

Herren hätte vielleicht Lust, einen Handel zu schließen."

"Du sprichst wahr und weise, Bischofssohn", parodierte ihn
der Höfling, "und wäre mein Alcuin nicht längst unter die
Hebräer gegangen, mochte es geschehen, daß wir zweie zu
dieser Stunde darum ein kurzweiliges Würfelspielchen
machten."

"In unchristliche Hände! diese göttliche Weisheit!" wehklagte
der
Räter.

"Weisheit!" spottete der Rotbart, "ich versichere dir: lauter
dummes
Zeug. Übrigens weiß ich es auswendig. Höre nur,
Bergbewohner!" Er
krümmte den langen Rücken wie ein verbogener
Schulmeister, zog die
Brauen in die Höhe und wendete sich an den jüngsten der
Bande, einen
Krauskopf, der, fast noch ein Knabe, aus südlichen Augen
lachend mit
Lust und Liebe auf das gottlose Spiel einging.

"Jüngling", predigte der falsche Alcuin, "du hast einen guten
Charakter und einen gelehrigen Geist. Ich werde dir eine
ungeheuer
schwere Frage vorlegen. Siehe, ob du sie beantwortest. Was
ist der
Mensch?"

"Ein Licht zwischen sechs Wänden", antwortete der Knabe
andächtig.

"Welche Wände?"

"Das Links, das Rechts, das Vorn, das Nichtvorn, das Oben,

das Unten." Jeden dieser Räume bezeichnete er mit einer Gebärde: beim fünften starrte er in den leuchtenden Himmel hinauf, als bestaune er einen Engelreigen, und bohrte schließlich einen stieren Blick in den Boden, als entdecke er die verschüttete Tarpeja. Jubelndes Klatschen belohnte die Faxe.

Die wachsende Lustigkeit der Palastschule begann den Bischofsneffen zu ängstigen. Da trat im guten Augenblicke einer aus dem Kreise, ein kühner Krieger, dem an der rechten Seite des stämmigen Wuchses ein seltsam gewundenes Hifthorn hing. "Sei getrost", sagte er und ergriff die Hand des Räters, "du sollst ein Pergament haben. Das meinige. Es schleppt sich unter dem Gepäcke." Er führte den Erlösten weg, die Treppe des Kapitols hinunter, sich nicht weiter um seine Gefährten bekümmernd.

Jetzt gingen sie freundlich nebeneinander, wenn auch nicht mehr Hand in Hand. Die des Palastschülers war auf das Hifthorn geglitten, das der Bischofsneffe mit aufmerksamen Blicken betrachtete. "Das hier kommt aus dem Gebirge", sagte er.

"So", machte der Behelmte. "Aus welchem Gebirge?"

"Aus unserm, Landsmann. Ich kenne dich an deiner Sprache, wie du mich ebendaran erkannt haben wirst, da du mich, wofür ich dir danke, den Neckereien der Palastschule entzogest. Daß du es wissest, ich bin Graciosus"—der kluge Räter hatte diesen seinen hübschen Namen den Spöttern am Reiterbilde weislich verschwiegen—"oder auf deutsch Gnadenreich, und du bist Wulfrin, Sohn Wulfs, wenn dieses Hifthorn dein Erbteil ist, wie ich vermute."

Wulfrin runzelte die Stirn. Es mochte ihm nicht willkommen sein, von der Heimat zu hören. Dann musterte er Gnadenreich und fand einen anmutenden, wohlgebildeten Jüngling, eine Gott und Menschen gefällige Erscheinung, nicht anders als der Name lautete. Er klopfte ihn auf die runde Schulter, deren Schmiegsamkeit zu dieser beschützenden Liebkosung einlud, und sagte. "Es macht warm." In der Tat strahlte nicht nur die römische Märzsonne, sie brannte sogar.

"Ja, es macht warm", wiederholte er, hob den Helm und wischte mit der Hand einen Schweißtropfen. "Leeren wir einen Becher?", und ohne die Antwort zu erwarten, bog er nach wenigen Schritten in den offenen Hofraum eines klösterlichen Gebäudes und warf sich dort auf eine Steinbank, wo Graciosus in Züchten sich neben ihn setzte. "Ich darf mich nicht weiter verziehen", sagte der Höfling, "als das Horn reicht, wann Herr Karl die Schule zusammenruft. Auch liebe ich dieses junge Geschöpf", scherzte er und zeigte auf eine Palme, welche in geringer Entfernung auf dem Vorsprunge eines Hügels, von leichten Windstößen bewegt, sich im blauen Himmel fächerte und etwa sechzehn Jahresringe zählen mochte. "Hier heißt es ad palmam novellam, und Pförtner Petrus schenkt einen herben. He, Petrus!" Dieser, ein Alter mit struppigem Bart, feurigen Augen und zwei riesigen Schlüsseln am Gurte, brachte Kanne und Becher.

"Palma novella ist auch ein Frauenname", bemerkte Graciosus und netzte den Mund.

"Mag sein", versetzte Wulfrin. "In Hispanien, wenn mir recht ist, läuft derlei Getauftes oder Ungetauftes herum. Ich habe mich nicht damit befaßt. Ich mache mir nichts aus den Weibern."

"Deine rätische Schwester heißt auch nicht anders", sagte Gnadenreich unschuldig.

"Meine—rätische—Schwester?"

"Nun ja, Wulfrin, das Kind der Judicatrix, meiner Nachbarin auf
Malmort am Hinterrhein. Du hast sie nie von Angesicht gesehen, die
Frau Stemma, das zweite Weib deines Vaters?"

"Das dritte", murrte Wulfrin. "Ich bin von der zweiten."

"Das weißt du besser. Auch das jähe Ende deines Vaters weißt du, bei seinem Aufritt in Malmort. Palma ist nachgeboren."

"Es sei", versetzte Wulfrin verdrossen. "Warum auch sollte es nicht sein? Rührt mich aber nicht. Was mich kümmern konnte, hat mir der Knecht des Vaters, der Steinmetz Arbogast, umständlich berichtet. Ich habe es mit ihm beredet und erörtert mehr als einmal und noch zuletzt am Wachfeuer vor Pertusa, wenige Augenblicke bevor den treuen Kerl der maurische Pfeil meuchelte. Das ist nun fertig und abgetan. Wisse: als Siebenjähriger bin ich daheim ausgerissen—der Vater hatte mir das sieche Mütterlein ins Kloster gestoßen—und über Stock und Stein zu König Karl gerannt. Dorthin hat mir der Arbogast mein Erbe gebracht, das Wulfenhorn, dieses hier. Der Wulfenbecher, der dazu gehört, obschon er heidnisch ist—das Horn ist biblischen Ursprungs—, blieb auf Malmort und mag dort bleiben, bis ich freie, und das hat Weile. Sie werden ihn aufgehoben haben. Du hast ihn wohl gesehen, wenn du dort ein und aus gehst."

Graciosus nickte.

"Verstehe: beide, Horn und Kelch, sind zwei Altertümer, mit Tugenden und Kräften begabt. Den Becher gab einem

Wölfling ein Elb oder eine Elbin von denen im Hinterrhein. Solang eines Wolfes Weib ihn ihrem Wolfe kredenzt und den dareingegrabenen Spruch ohne Anstoß hersagt, einmal vorwärts und einmal rückwärts, gefällt und mundet sie dem Wolfe. Über das Hifthorn sind die Meinungen geteilt. Nach den einen ist es gleichfalls ein elbisches Geschenk, und vor dem Burgtor bei der Rückkehr geblasen, zwingt es die Wölfin zu bekennen, was immer sie in Abwesenheit des Gatten gesündigt hat. Andere dagegen behaupten, daß ein Wolf im Gelobten Lande das Horn mit seinem Schwert aus dem erstarrten Pech und Schwefel des Toten Meeres grub. So ist es ein im Getümmel zur Erde gestürztes Harschhorn, von denen, welche die himmlischen Haufen bliesen zum Gericht über Sodom und Gomorra." Wulfrin blickte dem Räter ins Gesicht, der ihm—Schlauheit oder Einfalt—zwei gläubige Augen entgegenhielt.

Eben wurde vom Winde ein Bruchstück der Seelenmesse aus Ara Cöli hergetragen. Zornig und drohend sangen sie dort: "Dies irae, dies illa, dies magna et amara valde!"

"Schöne Bässe", lobte Wulfrin. "Um wieder auf den Becher zu kommen, so glaube ich nicht an seine Kraft. Sicherlich hat die Mutter nicht unterlassen, seinen Spruch herzubeten, vorwärts und rückwärts. Es hat nichts gefruchtet. Sie welkte, und der Vater verstieß sie." Er tat einen Seufzer.

"Und das Horn?" fragte Schelm Graciosus.

Der Höfling wog es in den Händen und lächelte. Graciosus lächelte gleichfalls.

"Übrigens ist es das beste Hifthorn im Heere. Das ruft! Höre nur!" und er setzte es an den Mund.

"Um aller Heiligen willen, Wulfrin, laß ab!" schrie Graciosus ängstlich. "Willst du die Stadt Rom in Aufruhr bringen?"

"Du hast recht, ich dachte nicht daran." Wulfrin ließ das Horn in die tragende Kette zurückfallen.

"Dieses Hifthorn", sagte jetzt Graciosus bedächtig, "wurde mir beschrieben. Auch hat es der Knecht Arbogast in Stein gemeißelt auf dem Grabmal im Hofe von Malmort, wo er den Comes, deinen Vater, abbildete und die Wittib daneben."

"So?" grollte Wulfrin. "Konnte der Vater nicht allein liegen?"

Graciosus ließ sich nicht einschüchtern. "An den Herrn des Hifthorns habe ich einen Auftrag", sagte er.

"Du bist voller Aufträge. Von wem hast du diesen?"

"Von der Richterin."

"Welche Richterin?" Entweder war Wulfrin von harten Begriffen oder seine Laune verschlechterte sich zusehends.

"Nun, die Judicatrix Stemma, deine Stiefmutter."

"Was hab ich mit der Alten zu schaffen! Warum lächelst du, Männchen?"

"Weil du so mit ihr umgehst, die noch schön und jung ist."

"Ein altes Weib, sage ich dir."

"Ich bitte dich, Wulfrin! Dein Vater freite sie als eine Sechzehnjährige. Dein Geschwister ist nicht älter. Zähle zusammen!
Doch jung oder alt, sie gab mir den Auftrag, und ich darf ihn nicht
unausgerichtet heimbringen."

Der Höfling verschluckte einen Fluch. "Du verdirbst mir den Krätzer, er schmeckt wie Galle." Erbost stieß er den Becher von der Bank und setzte den Fuß darauf. "So sprich!"

"Frau Stemma", begann Gnadenreich in bildlicher Rede, "will sich vor dir die Hände in ihrer Unschuld waschen."

"Ein Becken her!" spottete Wulfrin, als riefe er in die Gasse hinaus nach einem Bader.

"Wulfrin, stünde sie vor dir, du straftest deine Lippen! Keine in Rätien hat edlere Sitte. Was sie verlangt, ist gebührlich. Auf der Schwelle ihres Kastells, vor ihrem Angesichte, jählings ist dein Vater erblichen. Das ist schrecklich und fragwürdig. Frau Stemma läßt dir sagen, sie wundere sich, daß sie dich rufen müsse, sie habe dich längst, täglich, stündlich erwartet, seit du zu deinen mündigen Jahren gekommen bist. Nur ein Sorgloser, ein Fahrlässiger, ein Pflichtvergessener—nicht meine Worte, die ihrigen— verschiebe und versäume es, sie zur Rechenschaft zu ziehen."

Wulfrin blickte finster. "Das Weib tritt mir zu nahe", sagte er. "Ich wußte, was man einem Vater schuldig ist. Er hat an meiner Mutter gefrevelt, und sein Gedächtnis—die Kriegstaten ausgenommen—ist mir unlieb: dennoch habe ich mir seine Todesgebärde vergegenwärtigt, den Augenzeugen Arbogast, der das Lügen nicht kannte, habe ich scharf ins Verhör genommen. Jetzt will ich noch ein übriges tun und dir die gemeine Sache herbeten, vom Kredo bis zum Amen. Du bist aus dem Lande und kennst die Geschichte. Mangelt etwas daran oder ist etwas zuviel, so widersprich!"

Der Vater kam aus Italien und nächtigte bei dem Judex auf Malmort. Bei Wein und Würfeln wurden sie Freunde, und

der Vater, der, meiner Treu, kein Jüngling mehr war—ich
habe aus der Wiege seinen weißen Bart gezupft—, warb um
das Kind des Richters und erhielt es. Beim Bischof in Chur
wurde Beilager gehalten. Am dritten Tage setzte es Händel.
Der Räzünser, dessen Werbung der Judex abgewiesen haben
mochte, wurde zu spät oder ungebührlich geladen oder an
einen unrechten Platz gesetzt oder nachlässig bedient oder
schlecht beherbergt, oder es wurde sonst etwas versehen.
Kurz, es gab Streit, und der Räzünser streckt den Judex. Der
Vater hat den Schwieger zu rächen, berennt Räzüns eine
Woche lang und bricht es. Inzwischen bestattet das Weib
den Judex und reitet nach Hause. Dort sucht sie der Vater,
mit Beute beladen. Er stößt ins Horn, der Sitte gemäß. Sie
tritt ins Tor, sagt den Spruch und kredenzt den
Wulfenbecher, den ihr der Vater in Chur nach wölfischer
Sitte als Morgengabe gereicht hatte. Kredenzt ihn mit drei
Schlücken. Der Arbogast, der durstig daneben stand, hat sie
gezählt: drei herzhafte Schlücke. Der Vater nimmt den
Becher, leert ihn auf einen Zug und haucht die Seele aus.
War es so oder war es anders, Bischofsneffe?"

"Wörtlich und zum Beschwören so", bestätigte Graciosus.
"Von hundert
Zeugen, die den Burghof füllten, zu beschwören! Soviel
ihrer noch am
Leben sind. Und solches ist geschehen nicht im Zwielichte,
nicht bei
flackernden Spänen, sondern im Angesicht der Sonne zu
klarer
Mittagszeit. Der Comes, dein Vater, war rasend geritten,
hatte im
Bügel manchen Trunk getan"—

"Und mit fliegender Lunge ins Horn gestoßen, vergiß nicht!"
höhnte

Wulfrin.

"Er triefte und keuchte"—

"Er lechzte wie eine Bracke!" überbot ihn Wulfrin.

"Er sehnte sich nach seinem Weibe", dämpfte Graciosus.

"Trunken und brünstig! unter gebleichten Haaren! pfui! Ist das zum Abmalen und an die Wand heften? Was will die Judicatrix? Mich schwören lassen, daß wir Wölfe gemeinhin am Schlage sterben? Was freilich auf die Wahrheit herausliefe."

"Es ist ihr Wille so, und man gehorcht ihr in Rätien."

"Seht einmal da! ihr Wille!" hohnlachte Wulfrin. "Mein Wille ist es nicht, und meine Heimat ist nicht ein Bergwinkel, sondern die weite Welt, wo der Kaiser seine Pfalz bezieht oder sein Zelt aufschlägt. Sage du deiner Richterin, Wulfrin sei kein Laurer noch Argwöhner! Sie rühre nicht an die Sache! Sie zerre den Vater nicht aus dem Grabe! Ich lasse sie in Ruhe, kann sie mich nicht ruhig lassen?" Er drohte mit der Hand, als stünde die Stiefmutter vor ihm. Dann spottete er: "Hat das Weib den Narren gefressen an Spruch und Urteil? Hat es eine kranke Lust an Schwur und Zeugnis? Kann es sich nicht ersättigen an Recht und Gericht?"

"Es ist etwas Wahres daran", sagte Graciosus lächelnd. "Frau Stemma liebt das Richtschwert und befaßt sich gerne mit seltenen und verwickelten Fällen. Sie hat einen großen und stets beschäftigten Scharfsinn. Aus wenigen Punkten errät sie den Umriß einer Tat, und ihre feinen Finger enthüllen das Verborgene. Nicht daß auf ihrem Gebiete kein Verbrechen begangen würde, aber geleugnet wird keines, denn der Schuldige glaubt sie allwissend und fühlt sich von ihr durchschaut. Ihr Blick dringt durch Schutt und

Mauern, und das Vergrabene ist nicht sicher vor ihr. Sie hat sich einen Ruhm erworben, daß fernher durch Briefe und Boten ihr Weistum gesucht wird."

"Das Weib gefällt mir immer weniger", grollte Wulfrin. "Der Richter walte seines Amtes schlecht und recht, er lausche nicht unter die Erde und schnüffle nicht nach verrauchtem Blute."

Graciosus begütigte. "Sie redet davon, ihr Haus zu bestellen, obwohl sie noch in Blüte und Kraft steht. Vielleicht sorgt sie, wenn sie nicht mehr da wäre, könntest du deine Schwester in Unglück stürzen"—

"In Unglück?"

"Ich meine, sie berauben und verjagen unter dem Vorwande einer unaufgeklärten und ungeschlichteten Sache. Darum, vermute ich, will sie dich nach Malmort haben und sich mit dir vertragen."

Wulfrin lachte. "Wirklich?" sagte er. "Sie hat einen schönen Begriff von mir. Meine Schwester plündern? Das arme Ding! Im Grunde kann es nicht dafür, daß es auf die Welt gekommen ist. Doch auch von ihr will ich nichts wissen." Während er redete, zählte sein Blick die Jahresringe der jungen Palme. "Fünfzehn Ringe?" sagt er.

"Fünfzehn Jahre", berichtigte Graciosus.

"Und wie schaut sie?"

"Stark und warm", antwortete Gnadenreich mit einem unterdrückten
Seufzer. "Sie ist gut, aber wild."

"So ist es recht. Und dennoch will ich nichts von ihr

wissen."

"Sie aber weiß von nichts anderm als von dem fremden, reisigen, fabelhaften Bruder, der sich mit den Sachsen balgt und mit den Sarazenen rauft. 'Wann der Bruder kommt'—'Das gehört dem Bruder'—'Das muß man den Bruder fragen'—davon werden ihr die Lippen nicht trocken. Jedes Hifthorn jagt sie auf, sie springt nach deinem Becher und damit an den Brunnen. Sie wäscht ihn, sie reibt ihn, sie spült ihn."

"Warum, Narr?"

"Weil sie dir ihn kredenzen will und dein Vater sich daraus den Tod getrunken hat."

"Dummes Ding! Du also wirbst um sie?"

Der ertappte Graciosus errötete wie ein Mädchen. "Die Mutter begünstigt mich, aber an ihr selbst werde ich irre", gestand er. "Kämest du heim, ich bäte dich, ein Wort mit ihr zu reden."

Wieder musterte Wulfrin den netten Jüngling und wieder klopfte er ihn auf die Schulter. "Sie hält dich zum besten?" sagte er.

"Sie redet Rätsel. Da ich neulich auf mein Herz anspielte"—

"Schlug sie die Augen nieder?"

"Nein, die schweiften. Dann zeigte sie mit dem Finger einen Punkt im
Himmel. Ich blinzte. Ein Geier, der ein Lamm davontrug. Unverständlich."

"Klar wie der Morgen. 'Raube mich.' Das Mädchen gefällt mir."

"Du willst sie sehen?"

"Niemals."

Jetzt trat ein Palastschüler mit suchenden Blicken in den Hofraum und
dann rasch auf Wulfrin zu. "Du", sagte er, "die Messe ist aus, der
König verläßt die Kirche." Der "Kaiser" wollte ihm noch nicht über die
Zunge.

Wulfrin sprang auf. "Nimm mich mit!" bat Graciosus, "damit ich dem
Herrn der Erde nahe trete und ihn reden höre."

"Komm", willfahrte Wulfrin gutmütig, und bald standen sie neben dem Kaiser, vor welchem ein ehrwürdiger, aber etwas verwilderter Graubart das Knie bog. Gnadenreich erkannte Rudio, den Kastellan auf Malmort, und wunderte sich, welche Botschaft der Räter bringe, denn Karl hielt ein Schreiben in der Hand. Er reichte es dem Abte, und Alcuin las vor:

"Erhabener, da ich höre, Du werdest von Rom nach dem Rheine ziehen, flehe ich Dich an, daß Du Deinen Weg durch Rätia nehmest. Seit Jahren haben sich in unsern verwickelten Tälern versprengte Lombarden eingenistet unter einem Witigis, der sich Herzog nennt. Wir, die Herrschenden im Lande, unter uns selbst uneins und ohne Haupt, werden nicht mit ihnen fertig, ja einige von uns zahlen ihnen Tribut. Ein unerträglicher Zustand. Du bist der Kaiser. Wenn du kommst und Ordnung schaffst, so tust Du, was Deines Amtes ist. Stemma, Judicatrix."

"Keine Schwätzerin", sagte der Kaiser. "Meine Sendboten

haben mir von der Frau erzählt." Alcuin betrachtete die Handschrift. "Feste Züge", lobte er.

"Alcuin, du Abgrund des Wissens", lächelte Karl, "was ist Rätien?
Welche Pässe führen dahin?"

Der kleine Abt fühlte sich durch Lob und Frage geschmeichelt, wendete sich aber nicht an den Gebieter, sondern, als der Höfling und der Schulmeister, welcher er war, an die Palastschule, die schon zu einem guten Drittel, den Blondbart inbegriffen, um den Kaiser versammelt stand.

"Jünglinge", lehrte er und zog die Brauen in die Höhe, "wer seinen Weg durch das rätische Gebirge nimmt, hat, ohne den harten, aber in Stücke zerrissenen Damm einer Römerstraße zu zählen, die Wahl zwischen mehreren Steigen, die sich alle jenseits des Schnees am jungen Rheine zusammenfinden. Diese Wege und Stapfen führen im Geisterlicht der Firne durch ein beirrendes Netz verstrickter Täler, das die Fabel mit ihren zweifelhaften Gestalten und luftigen Schrecken bevölkert. Hier ringelt sich die Schlangenkönigin, wie verlockt von einer Schale Milch, einem blanken Wasser zu, gegenüber, aus einem finstern Borne, taucht die Fei und wehklagt."

"Lehrer, was hat sie für Gründe dazu?" fragte der Rotbart wißbegierig.

"Sie ahnt das ewige Gut und kann nicht selig werden. Dahinter, zwischen Schnee und Eis, in einem grünen Winkel, weidet eine glockenlose Herde, und ein kolossaler Hirte, halb Firn halb Wolke, neigt sich über sie. Tiefer unten, bei den ersten Stapfen, verliert die harmlose Fabel ihre Kraft, und menschliche Schuld findet ihre Höhlen und Schlupfwinkel. Hier raucht und schwelt eine gebrochene

Burg, dort starrt, von Raben umflattert, ein Mörder in den zerschmetternden Abgrund."

"Wen hat er hinuntergeworfen?" fragte der Rotbart spöttisch.

"Eheu!" jammerte der Abt, "bist du es, Liebling meiner Seele, Peregrin, mein bester Schüler, dessen Knochen in der rätischen Schlucht bleichen?" Er trocknete sich eine Träne. Dann schloß er: "Gegen beides, Fabel und Sünde, hält Bischof Felix in Chur beschwörend seinen Krummstab empor."

"In schwachen Händen", scherzte der Kaiser.

"Er ist sehr schön gearbeitet", rief Graciosus mit der schallenden
Stimme eines Chorknaben, "und in seiner Krümmung neigt sich der
Verkündigungsengel mit der Inschrift: Friede auf Erden und an den
Menschen ein Wohlgefallen."

Karl gönnte dem Bischofsneffen einen heitern Blick und wendete sich gegen die Schule: "Stammt einer von euch aus Rätien?"

Wulfrin trat vor. "Ich, Herr. Jung bin ich ausgewandert, doch kenne ich Sprache und Steige."

"So reite und berichte."

"Dir zu Dienste, Herr", verabschiedete sich Wulfrin, wurde aber von dem hartnäckigen Gnadenreich gehalten, der sich seiner bemächtigte und ihn vor den Kaiser zurückbrachte. "Durchlauchtigster", verklagte er ihn, "er soll auf Malmort bei der Richterin, seiner Stiefmutter, erscheinen, keiner andern als die dir den Brief geschrieben hat, und er will nicht. Sie besteht darauf, sich vor ihm zu rechtfertigen über das jähe Sterben ihres Gemahles des Comes Wulf."

"Jener?" besann sich der Kaiser. "Er hat mir und schon meinem Vater gedient und verunglückte im rätischen Gebirge."

"Vor dem Kastell und zu den Füßen seines Weibes Stemma, die ihm den
Willkomm kredenzt hatte", erinnerte Gnadenreich.

Karl verfiel in ein Nachdenken. "Eben habe ich für die Seele meines
Vaters gebetet", sagte er. "Kindliche Bande reichen in das Grab.
Mich dünkt, Wulfrin, du darfst bei der Richterin nicht ausbleiben. Du
bist es deinem Vater schuldig."

Wulfrin schwieg trotzig. Jetzt griff der Kaiser rechts nach dem Hifthorn, um die ganze Schule zusammenzurufen und ihr seine Befehle zu geben. Es mangelte. Er hatte es im Palaste vergessen oder absichtlich zurückgelassen, um der Messe als ein Friedfertiger beizuwohnen. "Deines, Trotzkopf!" gebot er, und Wulfrin hob sich sein Hifthorn über das Haupt. Karl betrachtete es eine Weile. "Es ist von einem Elk", sagte er, hob es an den Mund und stieß darein. Da gab das Horn einen so gewaltigen und grauenhaften Ton, daß nicht nur die Höflinge aus allen Ecken und Enden des Kapitols hervorstürzten, sondern auch, was sich ringsum von römischem Volke gehäuft hatte, erstaunt und erschreckt die Köpfe reckte, als nahe ein plötzliches Gericht. Karl aber stand wie ein Cherub.

Im Gedränge des Aufbruchs machte sich der Bischofsneffe

noch einmal an den Höfling. "Auf Wiedersehen in Malmort: du gehorchst?"

"Nein", antwortete Wulfrin.

Zweites Kapitel

Innerhalb der dicken Mauern eines wie aus dem Felsen gewachsenen rätischen Kastells sprudelte ein Quell in klösterlicher Stille. Durch die Zacken bemooster Ahorne rauschte der Abendwind mächtig über den Hof weg, und schon rückte das Spätrot hinauf an dem klotzigen Gemäuer. Am Brunnen aber stand ein junges Mädchen und ließ den heftigen Strahl in einen Becher springen, aus dessen von Alter geschwärztem Silber er schäumend empor und ihr über die bloßen Arme spritzte.

"Berg und Wetter sind gut", murmelte sie. "Mir brannten die Sohlen von früh an, ihm entgegen zu rennen. Kommt er heute noch? oder erst morgen? oder übermorgen zum allerspätesten! Graciosus verschwor sich, der Bruder ziehe mit dem Kaiser—nein, er reite ihm weit voraus! Und der Kaiser ist nahe, was flüchteten sonst die Lombarden Hals über Kopf? Bum!" machte sie und ahmte den dumpfen Schlag einer Laue nach, dem bald ein zweiter und noch der dritte folgte, denn im Gebirge, das in Gestalt einer breiten blanken Firn über die Firste blickte, hatte es heute in einem fort gerieselt und geschmolzen.

"Die ihr auf weißen Stürzen in den Abgrund schlittet, seid ihm hold, bärtige Zwerge! Verberget ihm nicht den Pfad, verschüttet ihm nicht die Hufen des Rosses! Sprudle, Flut! Spül aus den Hauch des Todes! Lust und Leben trinke der

Bruder!" und sie streckte den schlanken Arm. Dann hob sie
den gebadeten Becher in die Höhe der Augen und
buchstabierte den Elbenspruch, welchen sie sich deutlicher
in das Herz schrieb, als er mit erblindeten Lettern in das
Silber gegraben stand. Der Spruch aber lautete
folgendermaßen:

"Gesegnet seiest du!
Leg ab das Schwert und ruh!
Genieße Heim und Rast
Als Herr und nicht als Gast!
Den Wulfenbecher hier
Dreimal kredenz ich dir!
Erfreue dich am Wein!
Willkomm..."

Hier schloß entweder der zaubertüchtige Spruch oder dann
kam noch etwas gänzlich Unleserliches, wenn es nicht
zufällige Male der Verwitterung waren.

Eigentlich wußte sie ihn schon lange auswendig. Sie sagte
ihn vorwärts, das ging, rückwärts, das ging auch. Dann
sah sie ihn darauf an—zum wievielten Male!—, ob er ihr
mundgerecht sei und von der Schwester dem Bruder sich
sagen lasse, denn Graciosus hatte es erraten: sie liebkoste
den Wunsch, mit dem Wulfenbecher dazustehen und ihn
Wulfrin zu kredenzen. Ob es die Mutter erlaube? Diese
machte sich mit dem Becher nichts zu schaffen, sie ließ ihn,
wo er langeher seinen Platz hatte. Der Spruch gefiel dem
Mädchen, und es malte sich die Ankunft.

"Das Horn klingt! Oder wäre es möglich, daß er mich still
beschliche? mit heimlichen Schritten? Aber nein, er will ja
nichts von mir wissen—wenn Graciosus nicht seinen
Scherz mit mir getrieben hat. Das Horn dröhnt! Ich ergreife

den Becher, fliege der Mutter voran—oder noch lieber, sie ist verritten, und ich bin Herrin im Hause—jetzt naht er! jetzt kommt er!" Ihr Herz pochte. Sie begann zu zittern und zu zagen. "Er ist da! er ist hinter mir!" Sie wendete sich zögernd erst, dann plötzlich gegen das Burgtor. In der niedern Wölbung desselben stand kein junger Held, aber lauernd drückte sich dort ein armseliger Pickelhering.

Das Mädchen brach in ein enttäuschtes Gelächter aus und trat beherzt der Fratze entgegen. Es war ein Lombarde, das erriet sie aus den ziegelroten Nesteln seiner schmutzig-gelben Strümpfe. In die schreiendsten Farben gekleidet, wie sie Armut und Zufall zusammenwürfeln, trug der Kleine einen langausgedrehten pechschwarzen Spitzbart, der mit den gezackten Brauen und dem verzerrten Gesichte eine possierliche Maske schuf.

"Wer bist du, und was willst du?" fragte das Mädchen.

"Nur nicht gerufen, kleine Herrin oder vielmehr große Herrin, denn, bei meiner katholischen Seele! du hast die Mutter dreimal handbreit überwachsen. Wo ist sie?" Er schaute sich ängstlich um. Sein Blick fiel auf etwas Graues. In der Mitte des Hofes und im Schatten der Ahorne stand ein breiter Steinsarg, auf dessen Platte ein gewappneter Mann neben einem Weibe lag, das die Hände über der Brust faltete. "Ei, da hält ja unsere liebe Frau neben ihrem Alten stille Andacht", spaßte der Lombarde, "und trübt kein Wässerchen, während sie zugleich in ihrer grünen Kraft bergauf bergab reitet und hängen und köpfen läßt." Er blickte bedenklich zu dem prächtig gebildeten leuchterförmigen Ast eines Ahorns empor. "Hier würde ich ungerne prangen", sagte er. "In Kürze: ich bin Rachis der Goldschmied und habe ein Geschäftchen mir dir. Liebst du deinen Bruder, junge Herrin?"

Diese plötzliche Frage setzte das Mädchen kaum in
Erstaunen, das sich heute und gestern mit nichts anderem
als nur mit diesem selben Gegenstande beschäftigt hatte.
"Wie mein Leben", sagte sie.

"Das ist schön von dir, aber wenig fehlt, so liebst du einen
Toten.
Wulfrin der Höfling ist in unsere Gewalt geraten."

"Er lebt?" schrie das Mädchen angstvoll.

"Zur Not. Herzog Witigis zielt auf sein Herz—aber wird uns
die
Richterin nicht überraschen?"

"Nein, nein, sie ist nach Chur verritten. Rede! schnell!"

"Nun, ich habe ein feines Ohr und weiß auch ein Loch in
der Mauer, denn ich bin hier nicht unbekannter als der
Marder im Hühnerhof. Also: dein Bruder ist in einen
Hinterhalt gefallen. Er schlug um sich wie ein Rasender,
und unser Sechse wichen vor ihm, die einen verwundet, die
andern, um es nicht zu werden. Doch sein Pferd rollte in
den Abgrund, und er selbst verirrte sich auf eine leere
Felsplatte, wo wir ein Treiben auf ihn anstellten und ihm
hinterrücks ein langes Jagdnetz über den Kopf warfen. Denn
der Herzog wollte ihn lebendig fangen, um ihn über die
Wege des Franken, unsers Verderbers, auszufragen. Der
Trotzkopf aber verschwieg alles, auch den eigenen Namen.
Da legte der Herzog den Pfeil auf den Bogen und"—Rachis
tat einen grausamen Pfiff.

"Du lügst! er lebt!" rief das Mädchen mutig.

"Vorläufig. Der Herzog drückte nicht ab, denn—jetzt wird
die Geschichte lustig—das junge Weib eines der Unsrigen,
eine freigegebene Eigene der Richterin, wenig älter als du"—

"Mein Gespiel Brunetta, das Kind Faustinens"—

"Gerade diese sprang dazwischen. 'Bei der durchlöcherten Seite Gottes', heulte sie, 'der arme Herr trägt das Wulfenhorn und ist kein anderer als der Sohn des Comes, der im Steinbild auf Malmort liegt. Seine leibliche Schwester, Herrin Palma, hat mir von ihm erzählt, von klein an und in einem fort ohne Aufhören. Du darfst nicht sterben', wendete sie sich an den Gebundenen, 'das wäre ihr ein großes Leid und tötete ihr das Herzchen. Denn wisse, du bist ihr Herzkäfer, wenngleich sie dich noch nie mit Augen gesehen hat. Sende hin, und sie löst dich mit ihrem ganzen Geschmeide. Es sind köstliche Sachen. All ihr Kleinod hat die Richterin dem Kinde, sobald es seinen Wuchs hatte, gespendet und dahingegeben.'"

"So erfuhr Herzog Witigis den Namen seines Gefangenen und die blonde Rosmunde, die er um sich hat, das Dasein eines herrlichen Schatzes. Sie umhalste den Herzog und erflehte sich das Geschmeide von Malmort. Ihr Stirnband habe seine Perlen und ihr elfenbeinerner Kamm die Hälfte seiner Zähne verloren. Kurz, Goldschmied Rachis wurde an dich geschickt und bietet dir den Tausch. Wähle: Schmuck oder Bruder!"

Ehe noch der Lombarde geendigt hatte, stürzte das Mädchen gegen die Burg, die steile Treppe hinauf, verschwand in der Pforte und kam atemlos wieder, Schimmerndes und Klingendes in dem zur Schürze gefaßten hellen Oberkleide tragend. Dieses hielt sie mit der Linken, während die Rechte Stück um Stück wie aus einem Horte emporhob und den gekrümmten Fingern des Goldschmieds überantwortete. Spangen, Stirnbänder, Gürtel, Perlschnüre verschwanden in dem Sacke, welchen Rachis geöffnet hatte, auch für die blonden Flechten Rosmundens ein kunstvoller Kamm von Elfenbein mit dem Heiland und den Aposteln in erhabener Arbeit. Jedes durch seine Hände wandernde Stück begleitete der Goldschmied mit dem Lobe des Kenners, nicht ohne ein bißchen Bosheit, die dem begeisterten Mädchen seine Verluste fühlbar machen wollte. Sie zuckte nicht einmal mit dem Mund, sie leuchtete vor Freude bei der Hingabe alles ihres Besitzes.

Da kam ihr denn doch ein Zweifel. "Du bist redlich?" sagte sie. "Du schickst mir den Bruder? Es ist besser, ich begleite dich!" und sie machte sich wegfertig.

"Unmöglich, Herrin", widersprach der Lombarde, "das geht nicht! Du entdecktest unsere Schlupfwinkel und gefährdetest mit dem Leben des Bruders auch das deinige. Die Richterin aber würde dich von uns geraubt glauben. Sei nicht unklug, und gib dich nicht in fremde Gewalt!" Er belud sich mit dem Sacke. "Ein Schlummerchen, Fräulein! und wenn du die Augen wieder öffnest, hast du den Bruder, der dich Gold und Gut kostet. Das schwöre ich dir!" Er senkte die drei Finger mit einem grimmigen Blicke gegen den Erdboden. "Bei dem da unten!" gelobte er.

"Ein glaubhafter Schwur!" sprach eine weibliche Stimme. Rachis wendete sich erschrocken und bog das Knie vor einer behelmten Frau mit strengen Zügen, die den Speer, den sie in der Hand getragen, einem bewaffneten Knechte reichte. Die Richterin mochte aus Schonung für ihr ermüdetes Tier den steilen Burgweg zu Fuß erklommen haben. Sie faßte Palma schützend am Arm und blickte geringschätzig auf den Lombarden. "Schwürest du bei Gott und seinen Heiligen", sagte sie, "so schwürest du falsch; eher schwörst du die Wahrheit bei dem Vater der Lügen. Habet ihr euch nicht bei allem Göttlichen verpflichtet, ihr Lombarden, nie mehr in Rätien zu rauben und zu brennen? Und jetzt, da ihr, wie alles Böse, vor den Augen des Kaisers flüchtet, schleudert ihr rechts und links verheerende Flammen! Ich

komme von Chur und weiß um eure Taten, Eidbrüchige!
Sage du deinem Witigis, die Richterin würde ihm nachjagen
und ihn züchtigen, wenn nicht ein Höherer käme, und er
ist schon da, dessen Hand ihn erreicht, flöhe er an die
Enden der Erde!" Jetzt fielen ihre Augen auf den Sack des
Goldschmieds. "Was trägst du da weg, Dieb?" fragte sie
verächtlich.

"Ein ehrlicher Handel", beteuerte dieser und öffnete den
Sack, während das Mädchen die Mutter stürmisch umarmte.
"Ich kaufe den Bruder!" rief sie. "Er ist in die Gewalt des
Witigis geraten, der auf ihn zielt, bis ich der Frau
Herzogin"—das unschuldige Kind erhob die blonde
Rosmunde in den Ehestand—"meinen Schmuck gegeben
habe, und wie gerne gebe ich ihn!"

Die Richterin machte sich von ihr los und fragte Rachis: "Ist
das wahr?"

"Bei meinem Halse, Herrin!"

"Ich würde dir nicht glauben, wüßte ich nicht, daß der
Höfling Wulfrin dem Kaiser voranreitet, und hätte ich nicht
selbst eben jetzt in Chur gehört, daß die Lombarden einen
Höfling gefangen haben. Dennoch kann es eine Lüge sein,
denn es ist kaum glaublich, daß ein Tischgenosse Karls dem
Feinde seinen Namen nennt und zu einem Mädchen um
Lösung sendet."

"Nein, nein, Mutter, so war es nicht!" rief Palma und
erzählte den
Vorgang.

"Ein eitles Weib, dem ein Leben feil ist für einen Schmuck,
das hat mehr Sinn", meinte die Richterin. Sie schien zu
überlegen. Dann warf sie einen Blick auf das Geschmeide.

"Ich will den Höfling mit Byzantinern lösen", sagte sie.

"Das steht nicht in meinem Auftrag und würde der Rosmunde schlecht gefallen."

"Dann tue ich es nicht."

"Auch gut", grinste Rachis. "So lässest du eben den Wulfrin umkommen.
Du magst deine Gründe haben. Ganz wie du willst."

"Das willst du nicht, Mutter!" jammerte Palma und stürzte auf die Knie.

"Nein, das will ich nicht", sprach die Richterin mit nachdenklichen
Brauen. "Warum auch? Nimm das Zeug!" und Rachis war weg.

Das jubelnde Mädchen fiel der Mutter um den Hals und bedeckte den strengen Mund mit dankbaren Küssen. Dann raubte sie ihr den kriegerischen Helm so ungestüm, daß die Flechten des schwarzen Haares sich lösten und niederrollend dem entschlossenen Haupte der Richterin einen jugendlichen und leidenden Ausdruck gaben. Die nicht enden wollende Freude Palmas ermüdete endlich die Richterin. "Geh schlafen, Kind", sagte sie, "es dunkelt."

"Schlafen? Wer könnte das, bis Wulfrin ruft?"

"So wirf dich, wie du bist, auf das Polster. Was gilt's, ich finde dich schlummern? Zu Bette, Hühnchen! husch! husch!" und sie klatschte in die Hände.

Palma flog die Stiege hinauf, und die Richterin wendete sich zu Rudio, ihrem Kastellan, der schon eine Weile ruhig harrend vor ihr stand. "Was meldest du?" fragte sie.

"Eine Albernheit, Herrin. Ich sah die Tür zu unserm Kerker sperrangelweit offen. Freilich hatte ich sie nicht verriegelt, da gerade niemand sitzt. Ich steige hinab, und auf dem Stroh liegt ein Geschöpf, das ich in der letzten Helle mir nur mühsam enträtsle. Es war die Faustine, welche, wie du dich erinnerst, mit deiner Erlaubnis ihr Kind, die Brunetta, einem Lombarden, einem leidlichen Manne, den du auf mein Fürwort unter deinem Gesinde duldetest, zum Weibe gegeben hat. Jetzt, da das fremde Volk wandert, hat auch ihr Kind sein Bündel geschnürt, und das muß sie irre gemacht haben. Sie hat sich eine Hand in den Kettenring gezwängt und ist übrigens guten Mutes. 'Meister Rudio', redete sie zu mir, 'wetze dein Beil am Schleifstein und tue mir morgen nicht weher, als recht ist.' Ich schelte sie und will ihr den Arm aus der Fessel ziehen. 'Welche Posse!' sage ich, 'du bist ja die ehrliche Armut am Rocken und im Rübenfeld, die ihr Kind rechtschaffen großgezogen hat. Hier ist nicht dein Ort. Mit deinesgleichen habe ich nichts zu tun.' Sie sperrte sich und sagte: 'Das weißt du nicht, Rudio. Geh und rufe die Richterin. Die wird das Garn schon abwickeln und mir armem Weibe geben, was mir gehört.' Sollte ich die Törin zerren? Du steigst wohl hinab und bringst sie zurecht."

Die Richterin hieß Rudio eine Fackel anbrennen und ihr vorschreiten. In dem tiefen Gelasse saß ein gefesseltes Weib, das der Kastellan beleuchtete. Auf einen Wink der Herrin steckte er den brennenden Span in den Eisenring und ließ die Frauen allein.

Stemma beugte sich über die freiwillig Eingekerkerte und befühlte ihr als geschickte Ärztin den Puls der freien Hand, welchen aber kein Fieber beschleunigte. "Faustine", sagte sie, "was ficht dich an? Was ist über dich gekommen? Dich verwirrt der Schmerz, daß du dich von deinem Kinde trennen mußtest. Willst du ihr folgen? Noch ist es Zeit. Ich gebe dich frei. Du bist nicht länger meine Eigene. Der Kaiser wird den Lombarden feste Sitze weisen, und du behältst deine Brunetta."

Faustine schüttelte das Haupt. "Das fehlte noch", sagte sie, "daß ich mich an die Sohlen der Brunetta heftete und auch ihr zum Fluche würde! Richterin Stemma, nimm mir das ab!" Sie wies auf ihren Kopf. "Du weißt ja wohl und langeher, daß ich meinen Mann ermordete."

Mit ruhigem Blicke prüfte Stemma das grellbeleuchtete knochige Gesicht der gleichaltrigen Räterin. Dann ließ sie sich auf eine Treppenstufe nieder, und Faustine kroch zu ihren Knien, ohne diese zu berühren. Ihre Augen waren gesund. "Herrin", sagte sie, "du weißt alles, und wenn du mich ein Jahrzehnt und länger gnädig verschont und meine Missetat bedeckt hast, so war es, weil du nicht wolltest, daß die Brunetta, der unschuldige Wurm, zuschanden komme. Ich durfte sie aufziehen, und diese Gunst hast du mir erwiesen, weil ich dein Gespiel gewesen bin. Jetzt aber, da die Brunetta einem Manne folgt, ist kein Grund, länger zu trödeln und zu tändeln. Laß uns die Sache ins reine bringen. Gib mir mein Urteil!"

Die Richterin erkannte aus der ganzen Gebärde Faustinens, daß diese bei Sinnen sei, und sosehr sie das schlimme Geständnis überraschte, so wenig gab sie den furchtbaren Ruf ihrer Allwissenheit preis. "Lege Bekenntnis ab", sagte sie streng. "Das ist der Anfang der Reue." Und Faustine begann: "Kurz ist die Geschichte. Der Schütze Stenio umwarb mich"—

"Den der Eber, welchen er gefehlt hatte, schleifte und zerriß"—

"Jener. Hernach gab mich der Judex seinem Reisigen

30

Lupulus zur Ehe. Ich bequemte mich und doch"—sie hielt inne, um das reine Ohr Stemmas nicht zu beleidigen. Die Richterin half ihr und sagte ernst und traurig: "Und doch warest du das Weib des Toten."

Faustine nickte. "Dann, vor dem Altar, plötzlich, zu meinem Entsetzen"—

"Fühltest du, daß du dem Toten gehörtest, du und ein Ungebornes", half ihr die Richterin.

Wieder nickte Faustine. "Das ist alles, Herrin", sagte sie. "Lupulus, jähzornig wie er war, hätte mich umgebracht. Das Ungeborne aber verhielt mir den Mund und flüsterte mir Feindseliges gegen den Mann zu."

"Genug", schloß Stemma. "Nur eines noch: woher hattest du das Gift?"

"Siehst du, Herrin", rief das Weib, daß du weißt, wie ich ihn tötete!
Das Gift hat mir Peregrin gezeigt."

"Peregrin?" fragte die Richterin mit verhüllter Stimme. "Das ist nicht möglich", sagte sie.

"Er zeigte es mir und warnte mich davor. Ich irrte verzweifelnd unter den Kiefern von Silvretta. Da sehe ich ihn in seinem langen, dunkeln Gewande, der sich bückt und Wurzeln gräbt. Blumen nickten mit braunen Glocken. Er ruft mich herbei, und, eine dieser Blumen in der Hand, sagt er zu mir: 'Frau, hüte dich und die Kinder vor diesem Gewächs! Sein Saft tötet, außer in den Händen des Arztes.' Er meinte es gut mit seinem warnenden Blick unter dem braunen Gelocke hervor und hauchte mir doch einen grimmig bösen Gedanken an. Keine Schuld komme auf seine Seele! Doch ich rede töricht. Er ist ja längst ein Engel Gottes, seit er nach der großen Ebene wandernd im Gebirge unterging, wie sie sagen, und das war nicht lange nach jener Stunde. Du erinnerst dich noch, der Judex dein Vater, dem er die Wunde heilte, hatte ihn abgelohnt, was dir unlieb war, da er dich als ein weiser Kleriker noch vieles hätte lehren können."

"Schwatze nicht", gebot die Richterin, "und endige dein Bekenntnis. Am folgenden Tage bist du aus deiner Hütte nach Silvretta gegangen und hast die Wurzeln gegraben?"

"Ja. Du rittest vorüber, und ich duckte mich, damit du mich nicht erkennen möchtest, aber du wendetest dich zweimal im Sattel. Und nun sei barmherzig, Herrin, und gib mir mein Teil." Sie ließ den Kopf auf die Brust fallen, so daß ihr der üppige schwarze Haarwuchs über das Gesicht sank.

Stemma sann, auf Faustinen niederblickend, und zog ihr mit zerstreuten Fingern einen langen Strohhalm aus dem Haar. "Faustine, mein Gespiel", sagte sie endlich, "ich kann dich nicht richten."

Die ganze Faustine geriet in Aufruhr. "Warum nicht?" schrie sie empört, "du mußt es, oder ich schreie, daß alle Mauern tönen: Sie hat ihren Mann umgebracht!"

Stemma verhielt ihr den Mund. "Laß das Totengebein!" schalt sie, als drohe sie einem den verscharrten Knochen hervorkratzenden Hunde.

"Sei barmherzig!" flehte Faustine, "laß mir das Haupt abschlagen, nachdem es Gott gekostet und sein Kreuz geküßt hat. Dann wächst es mir im Himmel wieder an und, Stenio rechts, Lupulus links, sitzen wir auf einer Bank und geben uns die Hände. Danach verlangt mich", und sie streckte den Hals.

"Ich kann dich nicht richten, Törin", sagte Stemma sanfter. "Aus drei
Gründen nicht. Merk auf!"

Als du deine Tat begingest, lebte und regierte noch der Judex mein Vater. Nach seinem Ende und dem des Comes, da ich das Richtschwert erbte, habe ich laut verkündigt: 'Ab ist alles Geschehene! Von nun an sündige keiner mehr!' Aber auch wenn ich dieses nicht hätte ausrufen lassen, könnte ich dennoch dich nicht richten, und du gingest frei aus, denn seit deiner Tat sind fünfzehn völlige Jahre in das Land gegangen, und hier ist uralter Brauch, daß Schuld verjährt in fünfzehn Jahren."

"Verjährt? was ist das?" fragte Faustine verblüfft.

"Durch die Wirkung der Zeit ihre Kraft verliert."

Ein höhnisches Lachen lief blitzend über die weißen Zähne der Räterin. "Also zum Beispiel", sagte sie, "wenn ich gestern noch meinen Mann vergiftet hatte und über Nacht wird die Zeit völlig, so bin ich heute keine Mörderin mehr. Diese Dummheit!"

"Doch, du bleibst eine Mörderin", belehrte sie Stemma langmütig, "aber du hast mit dem irdischen Richter nichts mehr zu schaffen, sondern nur noch mit dem himmlischen. Sühne durch gute Werke! Du hast den Anfang gemacht: fünfzehn mühselige und rechtschaffene Jahre wiegen."

"Nichts wiegen sie!" zürnte Faustine. "Ich sehe schon, du willst meiner schonen! Du heißest die Richterin, aber du bist die Ungerechte, du machst Ausnahmen, du siehst die Person an!"

"Schweige!" befahl die Richterin. "Ich bin denn doch klüger als du, und ich sage dir: deine Sache ist nicht mehr richtbar.

Noch aus einem letzten Grunde. Ich kann dich nicht verdammen, auch wenn ich dir den Gefallen tun wollte, denn es steht kein Zeuge gegen dich als deine törichte Zunge. Aber weißt du was: gehe nach Chur und beichte dem Bischof. Er ist der Hirte, und du bist das Schäflein. Er mag dir die härteste Buße auflegen: Fasten, schwere Dienste, härenes Hemde, blutige Geißelungen. Fordere sie, ist er dir zu milde! Dann aber gib dich zufrieden! Unterwirf dich ganz der Kirche: sie vertritt dich, und du hast eine sichere Sache!" Sie sagte das mit einem überzeugenden Lächeln.

"Ich weiß nicht", schluchzte Faustine, "Gott sei davor, daß eine Missetäterin wie ich seiner heiligen Kirche nicht gehorche. Aber anders wäre es einfacher gewesen. Geplagt habe ich mich schon und im Schweiße meines Angesichtes zerarbeitet fünfzehn Jahre lang mit dem Trost und Vorsatz, sobald mein Kind in sein Alter und an den Mann gekommen, stracks in den Himmel zu fahren. Jetzt verrückst du mir die kurze Leiter und vertrittst mir den Weg."

"Der nach Chur ist kurz, und der an unser Ende ist nicht lang. Gehorche, Faustine!" Sie ergriff die Fackel und schritt die Stufen vorauf. Faustine folgte wie eine Seele in Pein.

Unter dem Burgtor, das sich wie von selbst öffnete, denn der Wärtel hatte die wandernde Helle wahrgenommen, blickte die Richterin in die Nacht hinaus und sagte zu Faustinen: "Lege die Schuhe ab und laß die scharfen Kiesel deine Sohlen zerreißen, denn du bist eine große Sünderin!" Weinend trat Faustine ihren dunkeln Weg an.

Frau Stemma hatte recht gesagt. Da sie die hochgelegene Burgkammer betrat, schlief Palma. Neben ihren tiefen Atemzügen glomm auf einem Dreifuß eine hütende Flamme.

Das Mädchen lag in ihrem ganzen Gewande auf dem Polster, die Hand über das Herz gelegt. Sie hatte das freudig pochende beruhigen wollen und war daran entschlummert. Die Mutter betrachtete die Gebärde und konnte sich der Erinnerung nicht erwehren.

Nach dem Tode des Vaters und des Gatten und nach der Geburt Palmas hatte die noch nicht zwanzigjährige Richterin die Regierung ihres Erbes mit entschlossener Hand ergriffen. Die dem jungen und schönen Weibe unter einem verwilderten, begehrlichen Adel von selbst entstehenden Freier und Feinde hatte sie mit einer über ihre Jahre scharfsinnigen Politik veruneint und der Reihe nach mit den Waffen ihrer Lehensleute gebändigt. Helm und Schwert und die gerechte Sache der mutigen Richterin wurden von dem friedseligen Bischof Felix in seinem festen Hofe Chur mit weit ausgestreckten Händen gesegnet. Nach einigen stürmischen Jahren war Stemmas Herrschaft befestigt, und es trat eine große Stille ein. Jetzt rächte sich die überhetzte Natur, und Stemma verlor den Schlummer. Wenn sie nicht selbst ihn verscheuchte mit brennenden Leuchtern und endlosen Schritten. Nicht weit von dem Lager ihres Kindes, auf einer schmalen Bank in der tiefen Fensterwölbung saß sie damals oft mit verschlungenen Armen, oder dann konnte sie lange, lange mit zwei Fläschchen spielen, welche sie in der Mauer verwahrte und die der arzneikundige junge Kleriker Peregrin auf Malmort zurückgelassen hatte, da er von dannen zog, um spurlos im Gebirge zu verschwinden. Beide waren von starkem Kristall und hatten über den gläsernen Zapfen goldene Deckel, auf deren einem das Wort "Antidoton" mit griechischen Lettern eingekritzt war, während auf dem andern ein winziges Schlänglein sich krümmte. Mit diesen Fläschchen zu spielen, bis der Tag anbrach, wurde Stemma zu einem Bedürfnis. Da geschah es einmal, daß sie darüber einnickte und, als das Frühlicht sie weckte, das eine Fläschchen, das unbeschriebene, aus ihrer halbgeöffneten Hand verschwunden war. Sie geriet in entsetzliche Angst und suchte und suchte. Endlich fand sie es in dem Händchen ihres Kindes. Die kleine Palma mochte, vor ihr erwacht, sie auf nackten Sohlen beschlichen, ihr das schmucke Spielzeug entwendet und mit ihm das Lager und den Schlummer wieder gefunden haben. Das Kind hielt den Kristall an das kleine Herz gepreßt und vorsichtig löste Frau Stemma Fingerchen um Fingerchen.

Jetzt holte sie, verlockt von der frühern Gewohnheit, die lange im Verschluß gelegenen Kristalle hervor. Nachdem sie dieselben eine Weile in den Händen gehalten und mit den Fläschchen, sie unablässig wechselnd, nach ihrer alten Weise gespielt hatte, legte sie das eine unter ihren mit Gemsleder beschuhten Fuß und zertrat es auf der steinernen Fliese mit einem kräftigen Drucke zu Scherben. Die ausströmende Flüssigkeit verbreitete einen angenehmen Mandelgeruch. Im Begriffe, den zweiten Kristall unter die Sohle zu legen, besah sie noch seinen goldenen Deckel und erkannte, daß sie sich zwischen den Fläschchen geirrt hatte. Sie glaubte das inschriftlose zuerst zermalmt zu haben und hielt es noch in der Hand. Kopfschüttelnd legte sie das Schlänglein unter die Ferse, doch das festere Glas widerstand hartnäckig. Sie ergriff es wieder, und schon hob sie den Arm, um es an der Wand zu zerschmettern, da hielt sie inne, aus Furcht, mit dem klirrenden Wurfe den Schlummer des Mädchens zu stören. Oder mit einem andern Gedanken barg sie es sorgfältig in dem weiten Busen ihres Gewandes.

Frau Stemma wurden die Lider schwer, und sie ließ sich betäubt in einen Sessel fallen. Da sah sie ein Ding hinter ihrem Stuhle hervorkommen, das langsam dem Lager ihres schlummernden Kindes zustrebte. Es floß wie ein dünner Nebel, durch welchen die Gegenstände der Kammer sichtbar blieben, während das blühende Mädchen in fester Bildung und mit kräftig atmendem Leibe dalag. Die Erscheinung war die eines Jünglings, dem Gewande nach eines Klerikers, mit vorhangenden Locken. Das ungewisse Wesen rutschte auf den Knien oder watete, dem Steinboden zutrotz, in einem Flusse. Stemma betrachtete es ohne Grauen und ließ es gewähren, bis es die Hälfte des Weges zurückgelegt hatte. Dann sagte sie freundlich: "Du, Peregrin! Du bist lange weggeblieben. Ich dachte, du hättest Ruhe gefunden." Ohne den Kopf zu wenden und sich wieder um einen Ruck vorwärts bringend, antwortete der Müde: "Ich danke dir, daß du mich leidest. Es ist ohnehin das letzte Mal. Ich werde zunichte. Aber noch zieht es mich zu meinem trauten Kindchen."

"Seid ihr Toten denn nicht gestorben?" fragte die Richterin.

"Wir sterben sachte, sachte," antwortete der Kleriker. "Wie denkst du? Die"—er stotterte—"die Seele wird damit nicht früher fertig als der Leib vermodert ist. Inzwischen habe ich mir diesen ärmlichen Mantel geliehen." Der Schatten schüttelte seine Gestalt wie einen rinnenden Regen. "Ei, was war der irdische Leib für ein heftiges und lustiges Feuer! In diesem dünnen Röcklein friert mich, und ich lasse es gerne fallen."

"Hernach?" fragte Stemma.

"Hernach? Hernach, nach der Schrift"—

Stemma runzelte die Stirn. "Zurück von dem Kinde!" gebot sie dem
Schatten, der Palma fast erreicht hatte.

"Harte!" stöhnte dieser und wendete das bekümmerte Haupt. Dann aber, von dem warmen Atem Stemmas angezogen, schleppte er sich rascher gegen ihre Knie, auf welche er die Ellbogen stützte, ohne daß sie nur die leiseste Berührung empfunden hätte. Dennoch belebte sich der Schatten, die schöne Stirn wölbte sich, und ein sanftes Blau quoll in dem gehobenen Auge.

"Woher kommst du, Peregrin?" sagte die Richterin.

"Vom trägen Schilf und von der unbewegten Flut. Wir kauern am Ufer. Denke dir, Liebchen, neben welchem Nachbar ich zeither sitze, neben dem"—er suchte.

"Neben dem Comes Wulf?" fragte die Richterin neugierig.

"Gerade. Kein kurzweiliger Gesell. Er lehnt an seinen Spieß und brummt etwas, immer dasselbe, und kann nicht darüber wegkommen. Ob du ihm ein Leid antatest oder nicht. Ich bin mäuschenstille"—Peregrin kicherte, tat dann aber einen schweren Seufzer. Darauf schnüffelte er, als rieche er den verschütteten Saft, und suchte mit starrem Blicke unter Stemmas Gewand, wo das andere Fläschchen lag, so daß diese schnell den Busen mit der Hand bedeckte.

Da fühlte sie eine unbändige Lust, das kraftlose Wesen zu ihren Füßen zu überwältigen. "Peregrin", sagte sie, "du machst dir etwas vor, du hast dir etwas zusammengefabelt. Palma geht dich nichts an, du hast keinen Teil an ihr."

Der Kleriker lächelte.

"Du bildest dir etwas Närrisches ein", spottete die Richterin.

"Stemma, ich lasse mir mein Kindchen nicht ausreden."

"Torheit! Wie wäre solches möglich? Was weißt du, Traum?"

"Ich weiß"—der flüchtig Beseelte schien eine Süßigkeit zu empfinden, in sein kurzes und grausames Los zurückzukehren—"wie mich dein Vater überfiel, da ich von meinem Lehrer dem Abte weg über das Gebirge zog. Der Judex litt an einer Wunde und hatte von meiner Wissenschaft vernommen. Da hob er mich auf und brachte mich dir mit. Du warest noch sehr jung und o wie schön! mit grausamen schwarzen Augen! Dabei herzlich unwissend. Ich lehrte dich Buchstaben und Verse bilden, doch diese da mochtest du nicht. Lieber regiertest du in den Dörfern, schiedest Händel und machtest die Ärztin bei deinen Eigenen. Ich zeigte dir die Kräfte der Kräuter, lehrte dich allerlei brauen, und du brachtest mir aus dem Schmuckkästchen zwei Kristalle"—

Die Richterin lauschte.

"Stemma, du bist noch jung, und auch ich bin jung geblieben, wenig älter, als da wir uns liebten", schluchzte Peregrin zärtlich.

"Wir liebten uns", sagte Stemma.

"Du lagest in meinen Armen!"

"Wo dich der Judex überraschte und erwürgte", sprach sie hart. Peregrin ächzte, und Flecken wurden an seinem Halse sichtbar. "Er lud mich auf ein Maultier, zog mit mir davon und warf mich in den Abgrund."

"Peregrin, ich habe geweint! Aber besinne dich: dein ist die Schuld! Bin ich nicht dreimal vor dich getreten, mein Bündel in der Hand? Habe ich dich nicht drohend beschworen, mit mir zu fliehen? Wer wollte Fuß neben Fuß in Armut und Elend wandern? Du aber erblaßtest und erbleichtest, denn du hast ein feiges Herz. Ich liebte dich, und, bei meinem Leben!—warest du ein Mann—Vater, Heimat, alles hätte ich niedergetreten und wäre dein eigen geworden."

"Du wurdest es", flüsterte der Schatten.

"Niemals!" sagte Stemma. "Sieh mich an: gleiche ich einer
Sünderin? Blicke ich wie eine Leidenschaftliche und
Leichtfertige? Bin ich nicht die Zucht und die Tugend? Und
so war ich immer. Du hast mich nicht berührt, kaum daß du
mir mit furchtsamen Küssen den Mund streiftest. Wo hättest
du auch den Mut hergenommen?"

Da geriet der Schatten in Unruhe. "O ihr Gewalttätigen
beide, der Vater und du! Er hat mich geraubt und erwürgt,
du, Stemma, locktest mit dem Blutstropfen! Gib den Finger,
da sitzt das Närbchen!"

Stemma hob die Achseln. "Es war einmal", höhnte sie.

Da wiegte Peregrinus, der sich gleich wieder besänftigte, die
Locken und sang mit gedämpfter Stimme:

"Es war einmal, es war einmal
Ein Fürst mit seinem Kinde,
Es war einmal ein junger Pfaff
In ihrem Burggesinde."

Am Mahle saßen alle drei,
Da riefen den Herrn die Leute:
"Herr Judex, auf! Zu Roß! Zu Roß!
Im Tal zieht eine Beute!"

Er gürtet sich das breite Schwert
Und wirft mit einem Gelächter
Den Hausdolch zwischen Maid und Pfaff
Als einen scharfen Wächter.

Den Judex hat das schnelle Roß

Im Sturm davongetragen,
Zweie halten still und bang
Die Augen niedergeschlagen.

Stemma hebt das Fingerlein,
Sie tut es ihm zuleide,
Und fährt damit wohl auf und ab
Über die blanke Schneide.

"Ein Tröpflein warmen Blutes quoll"—

"Stille, Schwächling!" zürnte die Richterin. "Das hast du dir
in deinem Schlupfwinkel zusammengeträumt. Solche
Schmach kennt die Sonne nicht! Stemma ist makellos! Und
auch der Comes, er komme nur! ihm will ich Rede stehen!"

"Stemma, Stemma!" flehte Peregrin.

"Hinweg, du Nichts!" Sie entzog sich ihm mit einer starken
Gebärde, und seine Züge begannen zu schwimmen.

"Mein Weib, mein"—"Leben" wollte er sagen, doch das Wort
war dem
Ohnmächtigen entschwunden. "Hilf, Stemma", hauchte er,
"Wie heißt es,
das Atmende, Blühende? Hilf!" Die Richterin preßte die
Lippen, und
Peregrinus zerfloß.

Erwacht stand sie vor dem Lager ihres Kindes. Sie küßte
ihm die geschlossenen Augen. "Bleibet unwissend!"
murmelte sie. Dann glitt sie neben Palma auf das breite
Lager und schlang den Arm um das Mädchen, wie um eine
erkämpfte Beute: "Du bist mein Eigentum! Ich teile dich
nicht mit dem verschollenen Knaben! Dich siedle ich an im
Licht und umschleiche dich wie eine hütende Löwin!" Der

Traum hatte ihr Peregrin gezeigt nicht anders, als sein Bild in ihr zu leben aufgehört hatte. Längst war der Jüngling, dem sie sich aus Trotz und Auflehnung mehr noch als aus Liebe heimlich vermählt, an ihrem kasteiten Herzen niedergeglitten und untergegangen, und der einst aus ihrer Fingerbeere gespritzte Blutstropfen erschien der Geläuterten als ein lockeres und aberwitziges Märchen. Schon glaublicher deuchte ihr der andere Bewohner der Unterwelt, und da sie sich auf dem Lager umwendete und das Haupt in die Kissen begrub, ohne den Arm von der Schulter ihres Kindes zu lösen, erblickte die Entschlummernde den Comes, wie er an den Speer gelehnt verdrießlich im Schilfe saß und etwas Feindseliges in den Bart murmelte. Ein Lächeln des Hohnes glitt über ihr verdunkeltes Gesicht, denn Stemma kannte die Hilflosigkeit der Abgeschiedenen.

Im ersten Lichte weckte die zwei Schlafenden ein jäher Hornstoß und riß sie vom Lager empor. Der gewaltsame Tagruf beleidigte das feine Ohr der Richterin. Sie erriet, wen er meldete, und mit schnellem Entschluß und festem Schritte ging sie Wulfrin entgegen. Noch vor ihr, den rasch ergriffenen Wulfenbecher in der Hand, war Palma durch die Tür gehuscht.

In das von Rudio geöffnete Tor tretend, stand Stemma vor dem Höfling, der sie mit verwunderten Augen betrachtete. Das Antlitz gebot ihm Ehrfurcht. Er verschluckte ein unziemliches Scherzwort über sein durch vier Weiber gerettetes Leben. Bewältigt von dem ruhig prüfenden Blicke und der Hoheit der blassen Züge sagte er nur: "Hier hast du mich, Frau", worauf sie erwiderte: "Es hat Mühe gekostet, dich nach Malmort zu bringen."

"Wo ist die Schwester, daß ich sie küsse?" fuhr er fort, und diese, die inzwischen den Becher gefüllt hatte, eilte ihm mit klopfendem Herzen und leuchtenden Augen zu, obwohl sie vorsichtig schritt und den Wein nicht verschütten durfte. Sie trat vor den Bruder und begann den Spruch. Da aber Stemma den Kelch, der dem Comes den Tod gebracht, in den Händen ihres Kindes erblickte und den frischen Mund über seinem Rand, empfand sie einen Ekel und einen tiefen Abscheu. Mit sicherm Griffe bemächtigte sie sich des Bechers, den das überraschte Mädchen ohne Kampf und Widerstand fahren ließ, führte ihn kredenzend an den eigenen Mund und bot ihn dem Höfling mit den einfachen Worten: "Dir und dieser zum Segen!" Wulfrin leerte den Becher ohne jegliche Furcht.

Palma stand bestürzt und beschämt. Da hieß die Mutter sie die Glocke ziehen, die hoch oben in einem offenen Türmchen hing und das Gesinde weither zum Angelus rief.

Palma hatte als Kind Freude gehabt, das leichtbewegliche Glöcklein erschallen zu lassen, und das Amt war dem Mädchen geblieben. Sie fügte sich zögernd.

"Frau, warum hast du ihr die Freude verdorben?" fragte Wulfrin. Stemma wies ihm die Inschrift des Bechers. "Siehe, es ist der Spruch eines Eheweibes", sagte sie. "Davon lese ich nichts", meinte er.

"Erfreue dich am Wein!
Willkomm...!"

Der Finger der Richterin zeigte das Verwischte, aus welchem für ein genauer prüfendes Auge noch drei Buchstaben leserlich hervortraten, ein i, ein K, ein l. Wulfrin erriet ohne Mühe:

"Willkomm im Kämmerlein!"

"Du hast recht, Frau", lachte er.

Sie nahm ihn an der Hand und führte ihn vor das Grabmal. Da lag ihm der Vater, die Linke am Schwert, die Rechte am Hifthorn, die steinernen Füße ausgestreckt. Wulfrin betrachtete die rohen aber treuherzigen Züge nicht ohne kindliches Gefühl. Das abgebildete Hifthorn erblickend, hob er in einer plötzlichen Anwandlung das wirkliche, das er an der Seite trug, vor den Mund und tat einen kräftigen Stoß. "Fröhliche Urständ!" rief er dem in der Gruft zu.

"Laß das!" verbot die Richterin, "es tönt häßlich."

Sie setzte sich auf den Rand des Steinsarges, neben ihr eigenes liegendes Bild, das die betenden Hände gegeneinander hielt, und begann: "Da du nun auf Malmort bist, verlässest du es nicht, Wulfrin, ohne mich—nach

vernommenen Zeugen—angeklagt oder freigegeben zu
haben von dem Tode des Mannes hier." Der Höfling machte
eine widerwillige Gebärde. "Füge dich", sagte sie. "Ist es dir
keine Sache, so ist es eine Form, die du mir erfüllen mußt,
denn ich bin eine genaue Frau."

"Gnadenreich wird dir ausgerichtet haben", versetzte der
Höfling aufgebracht, "daß ich dich nie beargwöhnte, weder
ich noch Arbogast, der mir das Zusammensinken des Vaters
beschrieben hat. Ich bin kein Zweifler und möchte nicht
leben als ein solcher. Es gibt deren, die in jedem Zufall einen
Plan, und in jedem Unfall eine Schuld wittern, doch das
sind Betrogene oder selbst Betrüger. Der Himmel behüte
mich vor beiden! Hätte ich aber Verdacht geschöpft und
Feindseliges gegen dich gesonnen, jetzt, da ich dein Antlitz
sehe, stünde ich entwaffnet, denn wahrlich du blickst nicht
wie eine Mörderin. Wärest du eine Böse, woher nähmest du
das Recht und die Stirn, das Böse aufzudecken und zu
richten? Dawider empört sich die Natur!"

Ein Schweigen trat ein. "Aber was ist das für ein dumpfes
Dröhnen, das den Boden schüttert?"

"Das ist der Strom", sagte die Richterin, "der den Felsen
benagt und unter der Burg zu Tale stürzt."

"Wahr ist es, Frau", fuhr der Höfling treuherzig fort, "daß
ich dich nie leiden mochte, und ich sage dir warum. Dieser
Greis hier, mein Vater, war ein roher und gewaltsamer
Mann. Ich sage es ungern: er hat an meinem Mütterlein
mißgetan, ich glaube, er schlug es. Ich mag nicht daran
denken. Ins Kloster hat er es gesperrt, sobald es abwelkte.
Da ist es nicht zu wundern, wie wir Menschen sind, daß ich
von dir nichts wissen wollte, die es von seinem Platze
verstieß."

"Nicht ich. Hier tust du mir unrecht. Da wir so zusammensitzen, Wulfrin, warum soll ich es dir nicht erzählen? Ich habe deiner Mutter nichts zuleide getan. Kälter und lebloser als diese steinerne war meine Hand, da sie gewaltsam in die deines Vaters gedrückt wurde. Aus dem Kerker hergeschleppt, zugeschleudert wurde ich ihm von dem Judex, der mir einen zitternden und zagenden Liebling von niederer Geburt erwürgt hatte. Nicht jedes Weib würde dir solches anvertrauen, Wulfrin."

"Ich glaube dir", sagte dieser.

"Einer Gezwungenen und Entwürdigten", betonte sie, "gab dein Vater sterbend die Freiheit. Und ich wurde Herrin von Malmort. Du hast Grund, Wulfrin, dir die Sache zu besehen. Sie ist dunkel und schwer. Betrachte sie von allen Seiten! Denn, du räumst mir ein, vernichtete ich deinen Vater, so bin ich oder du bist zuviel auf der Erde."

"Verhöhnst du mich?" fuhr er auf, "doch nein, du blickst ernst und traurig. Siehe, Frau, das ewige Verhören und Richten hat dich quälend und peinlich gemacht und wahrhaftig, ich glaube"—seine Augen deuteten auf den Stein—"auch eine Frömmlerin bist du." Er hatte rings um das Frauenhaupt die Worte gelesen: "Orate pro magna peccatrice." "Das hier ist großgetan."

"Ich bin eine kirchliche Frau", antwortete Stemma, "doch wahrlich, ich bin keine Frömmlerin, denn ich glaube nur, was ich an dem eigenen Herzen erfahren habe. Dein Knecht, der Steinmetz Arbogast, fragte mich in seiner einfältigen Art, was er mir um das Haupt schreiben dürfe. In seiner schwäbischen Heimat sei bei vornehmen Frauen die Umschrift gebräuchlich: Betet für eine Sünderin." "Schreibe mir," sagte ich, "'Betet für die große Sünderin', denn, Wulfrin, du hast recht gesagt, was ich tue, tue ich groß."

46

"Hübsch!" rief der Höfling, aber nicht als Antwort auf diesen Selbstruhm, sondern das Haupt in die Höhe richtend, wo Palma stand und das helltönige Glöcklein zog. Sie hatte sich lange auf der Wendeltreppe gesäumt und aus den Luken nach dem ihr vorenthaltenen Bruder zurückgeblickt. In der weiten Bogenöffnung des von den ersten Sonnenstrahlen vergoldeten Turmes wiegte sich ein lichtes Geschöpf auf dem klingenden Morgenhimmel. Der Höfling sah einen läutenden Engel, wie ihn etwa in der zierlichen Initiale eines kostbaren Psalters ein farbenkundiger Mönch abbildet. Eine Innigkeit, deren er sich schämte, rührte und füllte sein Herz. Hatte ihn doch dieses lobpreisende Kind vom Tode errettet.

Inzwischen sammelte sich im Burghofe das Gesinde der Richterin, wohl einhundert Köpfe stark, Männer und Weiber, ein finsteres, sehniges, sonneverbranntes Geschlecht, das den Behelmten eher feindlich als neugierig musterte. Dieser, die wieder zur Erde gestiegene Palma darunter erblickend, machte sich Bahn, und als wollte er sich für die flüchtige Andacht rächen, welche er zu einem Geschöpf aus irdischem Stoffe empfunden, legte er ihr die Hand auf die Achsel, und den blühenden Mund findend, küßte er ihn kräftig. Sie zitterte vor Freude und wollte erwidern, doch schneller faßte die Richterin mit der Linken ihre Hand, die Rechte Wulfrin bietend, und führte die beiden in die Mitte ihres Volkes.

"Bruder und Schwester", verkündigte sie und sich auf die andere Seite wendend noch einmal: "Schwester und Bruder."

So ungefähr hatten es sich Knechte und Mägde schon zurechtgelegt, denn die Ähnlichkeit Wulfrins mit dem steinernen Comes war unverkennbar, nur daß sich der Vater in dem Sohne beseelt und veredelt hatte, des Hifthorns an der Seite Wulfrins zu geschweigen, das anschauliches

Zeugnis gab von seiner Abstammung.

Nur das runzlige, stocktaube Mütterchen, die Sibylle, hatte nichts vernommen und nichts begriffen. Sie trippelte kichernd um das Mädchen, zupfte und tätschelte es, grinste zutulich und sprudelte aus dem zahnlosen Munde: "O du mein liebes Herrgöttchen! Was für einen hat dir da die Frau Mutter gekramt! Zum Wiederjungwerden. Von Paris ist er verschrieben, aus den Buben, die dem Großmächtigen dienen. Krause Haare, prächtige Ware!"

"Halt das Maul, Drud!" schrie dem Mütterchen der Knecht Dionys ins Ohr, "es ist der Bruder!", und sie versetzte. "Das sage ich ja, Dionys: der Gnadenreich ist ein tröstlicher und auferbaulicher Herr, aber der da ist ein gewaltiger, stürmender Krieger! O du glückseliges Pälmchen!", und so unziemlich schwatzte sie noch lange, wenn man sie nicht zurückgedrängt und ihr den frechen Mund verhalten hätte. Denn die Morgenandacht begann, und von einer entfernteren Gruppe wurde schon die Litanei angestimmt. Wie von selbst ordnete sich der Frühdienst, einen Halbkreis bildend, in dessen Mitte die Richterin den schleppenden Gesang leitete, der, dieselben Rhythmen und Sätze immer dringender und leidenschaftlicher wiederholend, den Himmel über Malmort anrief.

Wulfrin, welcher, er wußte nicht wie, an das eine Ende des andächtigen Kreises geraten war, erblickte sich gegenüber die Schwester. Alles hatte sich niedergeworfen, er und die Richterin ausgenommen. Seine Blicke hingen an Palma. Auf beiden Knien liegend, die Hände im Schoß gefaltet, sang sie eifrig mit den jungen rätischen Mägden. Aber das Freudefest, das sie in der vollen Brust mit dem endlich erlangten Bruder, dem neuen und guten Gesellen feierte, strahlte ihr aus den Augen und jubelte ihr auf den Lippen, daß die Litanei darüber verstummte. Die geöffneten gaben durch die Lüfte den Kuß des Bruders zurück. Und jetzt sich halb erhebend, streckte sie auch die Arme nach ihm. Nur eine flüchtige Gebärde, doch so viel Glut und Jugend ausströmend, daß Wulfrin unwillkürlich eine abwehrende Bewegung machte, als würde ihm Gewalt angetan. "Der Wildling!" lachte er heimlich. "Aber die wird dem wackern Gnadenreich zu schaffen machen! Ich muß ihm noch das wilde Füllen zähmen und schulen, daß es nicht ausschlage gegen den frommen Jüngling! Warte du nur!"

Und um die Erziehung zu beginnen, wendete er sich, da die Richterin das Amen sprach und Palma gegen ihn aufsprang, von ihr ab, geriet aber an Frau Stemma, die seine Hand ergriff, ihn feierlich in die Mitte führte und mit eherner Stimme zu reden begann: "Meine Leute! Wer von euch, Mann oder Weib, so alt ist, daß er vor jetzt sechzehn Jahren hier stand, während ich den Comes empfing, der davon herkam euren erschlagenen Herrn, den Judex, zu rächen — wer so alt ist und dabei gegenwärtig war, der bleibe! Ihr Jüngern, lasset uns, auch du, Palma!"

Sie gehorchten. Palma zog sich schmollend in den äußersten Burgwinkel zurück, eine halbrunde Bastei, die, ein paar Stufen tiefer als der Hof, über dem senkrechten Abgrunde ragte, durch welchen die Bergflut in ungeheurem Sturze zu Tale fiel. Sie setzte sich auf die breite Platte der Brüstung, blickte, den Arm vorgestützt, in den schneeweißen Gischt hinein, der ihr mit seinem feinen Regen die Wange kühlte, und hörte in dem Tumulte der Tiefe nur wieder den Jubel und die Ungeduld des eigenen Herzens.

Im Hofe hinter ihr ging inzwischen die rechtliche Handlung ihren Schritt, und Rede und Gegenrede folgte sich, rasch und doch gemessen, nach dem Winke der Richterin.

"Hier steht der Sohn des Comes. Ihr seid ihm die Wahrheit

schuldig.
Saget sie. Habet ihr das Bild jener Stunde?"

"Als wäre es heute"—"Ich sehe den Comes vom Rosse
springen"—"Wir alle"—"Dampfend und keuchend"—"Du
kredenztest"—"Drei lange Züge"—"Mit einem leerte er den
Becher"—"Er sank"—"Wortlos"—"Er lag."

"Bei eurem Anteil am Kreuze?" fragte sie.

"So und nicht anders. Bei unserm Anteil am Kreuze!"
antwortete der vielstimmige Schwur.

"Wulfrin, ich bitte dich, du blickst zerstreut! Wo bist du?
Nimm dich zusammen!"

Hastig und unwillig erhob er die Hand.

Die Richterin faßte ihn am Arm. "Kein Leichtsinn!" warnte
sie. "Frage, untersuche, prüfe, ehe du mich freigibst! Du
begehst eine ernste, eine wichtige Tat!"

Wulfrin machte sich von ihr los. "Ich gebe die Richterin frei
von dem Tode des Comes und will verdammt sein, wenn ich
je daran rühre!" schwur er zornig.

Der Burghof begann sich zu leeren. Wulfrin starrte vor sich
hin und vernahm, so überzeugt er von der Unschuld der
Richterin war und so erleichtert, mit einer häßlichen Sache
fertig zu sein—dennoch vernahm er aus seinem Innern
einen Vorwurf, als hätte er den Vater durch seine Unmut
und seine Hast preisgegeben und beleidigt. So stand er
regungslos, während die Richterin langsam auf ihn zutrat,
sich an seiner Brust emporrichtete und ihm Kette und
Hifthorn leicht über das Haupt hob. "Als Pfand meiner
Freigebung und unsers Friedens", sagte sie freundlich. "Ich
kann seinen Ton nicht leiden." Und sie schritt durch den

Hof die Stufen hinunter und hinaus auf die Bastei und schleuderte das Hifthorn mit ausgestreckter Rechten in die donnernde Tiefe.

Jetzt kam Wulfrin zur Besinnung und eilte ihr nach, das väterliche Erbe zurückzufordern. Er kam zu spät. In den betäubenden Abgrund blickend, der das Horn verschlungen hatte, hörte er unten einen feindlichen Triumph wie Tuben und Rossegewieher. Sein Ohr hatte sich in den Ebenen der lauten Rede entwöhnt, welche die Bergströme führen. Als er wieder aufschaute, war die Richterin verschwunden. Nur Palma stand neben ihm, die ihn umhalste und herzlich auf den Mund küßte.

"Laß mich!" schrie er und stieß sie von sich.

Drittes Kapitel

An einem Fenster von Malmort, durch welches der Talgrund mit seinen Türmen und Weilern als duftige Ferne hereinschimmerte, stand die Richterin mit Wulfrin und zeigte ihm die Größe ihres Besitzes. "Das beherrsche ich", sagte sie, "und Palma nach mir. Dich aber, Wulfrin, habe ich schon ehevor dazu ausersehen—wie es auch deine brüderliche Pflicht ist—, der Schwester, wenn ich stürbe, dieses weite Erbe zu sichern."

"Planvoll, aber ferneliegend", sagte er.

"Fern oder nahe. Du bist ihr natürlicher Beschützer. Ich kann mein Kind keinem Mächtigen dieses Landes vermählen, denn sie sind ein zuchtloses und sich selbst zerstörendes Geschlecht. Ich bände sie an den Schweif eines gepeitschten Rosses! Ringsherum keine Burg, an der nicht

Mord klebte! Soll mir mein Kind in einem Hauszwist oder in einer Blutrache untergehen? Ja, fände ich für sie einen Guten und Starken wie du bist, dann wäre ich ruhig und könnte dich freigeben, du hättest weiter keine Pflicht an ihr zu erfüllen. Ich weiß ihr keinen Gatten als allein Gnadenreich, und der besitzt das Land, nach der Verheißung, als ein Sanftmütiger, kann es aber gegen die Gewalttätigen nicht behaupten, deren Zahl hier Legion ist. Erst seine Söhne werden kraft meines Blutes Männer sein. Bis diese kommen und wachsen, wirst du schon deine gepanzerte Hand über Gnadenreich und Palma halten und die Herrschaft führen müssen. Denn ewig reitest du nicht mit dem Kaiser. Vielleicht auch, wer weiß, erhebt er dich zum Grafen über diesen Gau, oder dann erhältst du von mir eine Burg, jene"—sie wies auf einen Turm am Horizonte —"oder eine andere, nach deinem Gefallen. Oder du hausest hier auf meinem eigenen festen Malmort." Sie legte ihm vertrauend die Hand auf die Schulter.

"Aber, Frau", sagte er, "du lebst!", und sie erwiderte: "Solang ich lebe, herrsche ich."

"Dann hat es keine Eile", antwortete er. "Daß der Schwester nichts geschehen darf, versteht sich und gelobe ich dir. Doch jetzt muß ich reiten, heute! in einer Stunde!"

"Zum Kaiser? Du hast ihm bereits meinen ortserfahrenen Rudio geschickt mit der sichern Kundschaft, daß die Lombarden sich am Mons Maurus befestigen und dort noch ein blutiger Sturm wird gegen sie geführt werden müssen. Herr Karl sitzt in Mediolanum, wie wir wissen. So braucht es dir nicht zu eilen."

"Ich lag schon zu lange hier, mich verlangt in den Bügel", sagte der
Höfling, und die Richterin erwiderte nachgiebig: "Dann

schenkst du mir
noch diesen Tag. Ich sähe es gerne, wenn du Palma
verlobtest. Warum
Gnadenreich sich hier nicht blicken läßt? Er hält sich wohl
in seinem
Pratum eingeschlossen, der Lombarden halber, vorsichtig
wie er ist,
obschon, wie ich glaube, diese hier verstoben sind. Weißt du
was?
Geh und bring ihn. Oder wüßtest du deiner Schwester
einen bessern
Mann?"

"Nein, Frau, wenn sie ihn mag! Doch was habe ich dabei zu
raten und zu tun? Das ist deine Sache und die des Pfaffen,
der sie zusammengibt. Ich will den Rappen satteln gehen,
den du mir geschenkt hast."

Sie blickte ihn mit besorgten Augen an. "Was ist dir,
Wulfrin? Du siehst bleich! Ist dir nicht wohl hier? Und mit
Palma gehst du um wie mit einer Puppe, du stößest sie weg,
und dann hätschelst du sie wieder. Du verdirbst mir das
Mädchen. Wo hast du solche Sitte gelernt?"

"Sie ist aufdringlich", sagte er. "Ich liebe freie Ellbogen und
kann es nicht leiden, daß man sich an mich hängt. Sie läuft
mir nach, und wenn ich sie schicke, weint sie. Dann muß
ich sie wieder trösten. Es ist unerträglich! Ich habe die
Gewohnheit breiter Ebenen und großer Räume—auf diesem
Felsstück ist alles zusammengeschoben. Das Gebirge drückt,
der Hof beengt, der Strom schüttert—an jeder Ecke, auf
jeder Treppe dieselben Gesichter! Verwünschtes Malmort!
Hier hältst du mich nicht. Hier lasse ich mich nicht
einmauern. Mache dir keine Rechnung, Frau."

"Du tust mir wehe", sagte sie.

Die harte Rede reute ihn. "Frau, laß mich ziehen!" bat er. "Und daß du dich zufrieden gebest, hole ich dir heute noch den Gnadenreich, und wir verloben die Schwester. Wo haust er?"

"Ich danke dir, Wulfrin. Graciosus wohnt nicht ferne von hier, in Pratum." Sie deutete nach einer zerrissenen Schlucht, über welcher eine grüne Alp hoch emporstieg. "Ich gebe dir einen Führer. Den Knaben hier." Sie zeigte in den Hof hinunter, wo ein Hirtenbube sich damit beschäftigte, eine Sense zu wetzen. Palma stand neben ihm und plauderte.

"Gabriel", rief ihn die Richterin, "du führst deinen Herrn Wulfrin nach Pratum."

"Den Höfling? Mit Freuden!" jauchzte der Bube.

"Er träumt davon", erklärte die Richterin, "hinter dem Kaiser zu reiten. Besieh dir ihn."

"Darf ich mit?" fragte Palma und hob das Haupt.

"Nein", sagte die Richterin.

"Bruder!" bat sie und streckte die Hände.

"Schon wieder! Zum Teufel!" fluchte er. Ihre Augen füllten sich mit
Tränen. "So komm, Närrchen!"

Da die dreie barhaupt und reisefertig in dem feuchten Tore standen, während ringsum die Sonne brannte, sagte die geleitende Richterin zu Wulfrin: "Ich anvertraue dir Palma: hüte sie!"

"Halleluja! Voran, Engel Gabriel!" jubelte das Mädchen.

Unten am Burgweg sagte der Hirtenbube: "Herr, es gibt
zwei Wege nach Pratum. Der eine steigt durch die Schlucht,
der andere über die Alp." Er wies mit der Hand. "Wenn es
dir und der jungen Herrin beliebt, so nehmen wir diesen.
Oben schaut es sich weit und lustig, und es könnte trübe
werden gegen Abend. Es ist ein Gewitterchen in der Luft."

"Ja, über die Alp, Wulfrin!" rief Palma. "Ich will dir dort
meinen
See zeigen", und leichtgeschürzt schlug sie sich über eine
lichte
Matte, die bald zu steigen begann und immer steiler wurde.

Leicht wie auf Flügeln, mit frei atmender Brust ging das
Mädchen bergan und blieb unter der sengenden Sonne
frisch und kühl wie eine springende Quelle. Der Berg hatte
an dem Kinde seine Freude. Glänzende Falter umgaukelten
ihr das Haupt, und der Wind spielte mit ihrem Blondhaar.

Wulfrin schaute um nach Malmort, das grau schimmernd
kaum aus der Morgenlandschaft hervortrat. "Wie geschah
mir", fragte er sich, "in jenem Gemäuer dort? Wie konnte
mich dieses unschuldige Geschöpf beängstigen, dieses
fröhliche Gespiel, diese behende Gems mit hellen Augen und
flüchtigen Füßen?" Ihm wurde wohl, und er mochte es
gerne, daß der Knabe zu plaudern begann.

Gabriel erzählte von den Lombarden, welche er als Späher
der Richterin beschlichen hatte. Sie seien überall und
nirgends. Sie nisten in den Pässen, belauern die Boten und
plündern die Säumer. Sie berauschen sich in dem geraubten
heißen Weine von drüben, prahlen mit besiegten Waffen,
fabeln von der Herstellung der eisernen Krone und leugnen
oder lästern den Weltlauf. Sie beten den Teufel an, der das
Regiment führe, "und doch", endigte der Knabe, "sind sie
gläubige Christen, denn sie stehlen aus unsern Kirchen alles

heilige Gebein zusammen, soviel sie davon erwischen
können. Es ist Zeit, daß der Herr Kaiser zum Rechten sehe
und ihnen feste Bezirke und einen Richter gebe."

Da nun Gabriel bei dem Kaiser angelangt war, dessen
erneuerte Würde
ihren Schimmer bis in dieses wilde Gebirge warf,
begeisterten sich
seine Augen und er rief: "Diesem und keinem andern will
ich dienen!
Ich heiße Gabriel und schlage gerne mit Fäusten, lieber hieße
ich
Michael und hiebe mit dem Schwerte! Recht muß dabei sein,
und der
Kaiser hat immer Recht, denn er ist eins mit Gott Vater,
Sohn und
Geist. Er hat die Weltregierung übernommen und hütet, ein
blitzendes
Schwert in der Faust, den christlichen Frieden und das
tausendjährige
Reich."

Nun mußte ihm Wulfrin den Kaiser beschreiben, die
Spangen seiner Krone, den blauen, langen Mantel, das
tiefsinnige Antlitz, das kurzgeschorene Haupt, den
hangenden Schnurrbart, "den wir Höflinge ihm
nachahmen", sagte er lachend.

"Wie blickt der Kaiser?" fragte Palma, und Wulfrin
antwortete ohne
Besinnen: "Milde."

Die Kinder lauschten andächtig und bestaunten den Mann,
der mit dem Herrn der Welt Umgang pflog; sobald aber die
Höhe erreicht war, wo sich der Rasen breitete, war es mit der
Andacht vorbei. Gabriel jauchzte gegen eine ernsthafte

Felswand, die den Knabenjubel gütig spielend erwiderte, und Palma lief, den Höfling an der Hand, einem gründunkelklaren Gewässer entgegen, das die Wand mit ihrem Riesenschatten noch immer vor der schon hohen Sonne verbarg. Sie umwandelten das mit Felsblöcken besäte Ufer bis zu einem bemoosten Vorsprung, der weiche Sitze bot. Hier zog sie ihn nieder, und wie sie so lagerten, sagte sie: "Nun ist das Märchen erfüllt von dem Bruder und der Schwester, die zusammen über Berg und Tal wandern. Alles ist schön in Erfüllung gegangen."

"Haust hier unten auch eine?" neckte Wulfrin den Buben. Gabriel blieb die Antwort schuldig, denn er mochte sich vor dem Höfling nicht bloßstellen.

"Dumme Geschichten", lachte dieser, "es gibt keine Elben."

"Nein", sagte Gabriel bedenklich und kratzte sich das Ohr, "es gibt
keine, nur darf man sie nicht mit wüsten Worten rufen oder gar ihnen
Steine ins Wasser schmeißen. Aber, Herr, wo hast du dein Hifthorn?
Du trugest es an der Seite, da du nach Malmort kamst."

"Es ist in den Strom gestürzt", fertigte ihn der Höfling ab.

"Das ist nicht gut", meinte der Knabe.

"Heho, Gabriel!" rief es aus der Ferne, und ein anderer Hirtenbube wurde sichtbar. "Ein Fohlen hat sich nach Alp Grun verlaufen, kohlschwarz mit einem weißen Blatt auf der Stirn. Ich wette, es gehört nach Malmort."

Gabriel sprang mit einem Satz in die Höhe. "Heilige Mutter Gottes", rief er, "das ist unsere Magra, der muß ich nach! Lieber Herr, entlasse mich. Du wirst dich schon zurechtfinden. Ein Mensch ist vernünftiger als ein Vieh. Dort", er deutete rechts, "Siehst du dort den roten Grat? Den suche, dahinter ist Pratum. Auch weiß die kleine Herrin Bescheid." Und weg war er, ohne sich um Antwort zu kümmern.

"Palma", lachte Wulfrin, "wenn da unten eine Elbin leuchtete?"

"Mich würde es nicht wundern", sagte sie. "Oft, wenn ich hier liege, erhebe ich mich, steige sachte ans Ufer nieder und versuche das Wasser mit der Zehe. Und dann ist mir, als löse ich mich von mir selbst, und ich schwimme und plätschere in der Flut. Aber siehe!"

Sie deutete auf ein majestätisches Schneegebirge, das ihnen gegenüber sich entwölkte. Seine verklärten Linien hoben sich auf dem lautern Himmel rein und zierlich, doch ohne Schärfe, als wollten sie ihn nicht ritzen und verwunden, und waren beides, Ernst und Reiz, Kraft und Lieblichkeit, als hätten sie sich gebildet, ehe die Schöpfung in Mann und Weib, in Jugend und Alter auseinanderging.

"Jetzt prangt und jubelt der Schneeberg", sagte Palma, "aber nachts, wenn es mondhell ist, zieht er bläulich Gewand an und redet heimlich und sehnlich. Da ich mich jüngst hier verspätete, machte sich der süße Schein mit mir zu schaffen, lockte mir Tränen und zog mir das Herz aus dem Leibe. Aber siehe!" wiederholte sie.

Eine Wolke schwebte über den weißen Gipfeln, ohne sie zu berühren, ein himmlisches Fest mit langsam sich wandelnden Gestalten. Hier hob sich ein Arm mit einem Becher, dort neigten Freunde oder Liebende sich einander zu, und leise klang eine luftige Harfe. Palma legte den Finger an den Mund. "Still", flüsterte sie, "das sind Selige!"

Schweigend betrachtete das Paar die hohe Fahrt, aber die von irdischen Blicken belauschte himmlische Freude löste sich auf und zerfloß. "Bleibet! oder gehet nur!" rief Palma mit jubelnder Gebärde, "Wir sind selige wie ihr! Nicht wahr, Bruder?", und sie blickte mit trunkenen Augen bis in den Grund der seinigen.

Es kam die schwüle Mittagsstunde mit ihrem bestrickenden Zauber. Palma umfing den Bruder in Liebe und Unschuld. Sie schmeichelte seinem Gelocke wie die Luft und küßte ihn traumhaft wie der See zu ihren Füßen das Gestade. Wulfrin aber ging unter in der Natur und wurde eins mit dem Leben der Erde. Seine Brust schwoll. Sein Herz klopfte zum Zerspringen. Feuer loderte vor seinen Augen...

Da rief eine kindliche Stimme: "Sieh doch, Wulfrin, wie sie sich in der Tiefe umarmen!"

Sein Blick glitt hinunter in die schattendunkle Flut, die Felsen und Ufer und das Geschwisterpaar verdoppelte. "Wer sind die zweie?" rief er.

"Wir, Bruder", sagte Palma schüchtern, und Wulfrin erschrak, daß er die Schwester in den Armen hielt. Von einem Schauder geschüttelt sprang er empor, und ohne sich nach Palma umzusehen, die ihm auf dem Fuße folgte, eilte er in die Sonne und dem nahen Grate zu, wo jetzt eine Figur mit einem breiten Hut und einem langen Stabe Wache zu halten schien.

"Grüß Gott! grüß Gott!" bewillkommte Gnadenreich die Geschwister, ohne einen Schritt vom Platze zu tun. Er streckte ihnen nur die Hände entgegen. "Ich habe es dem Ohm feierlich geloben müssen", erklärte er, "solange die Lombardengefahr dauert, die Grenze meiner Weiden hütend zu umwandeln, aber nicht zu überschreiten, denn Pratum ist ein Lehen des Bistums, und die Kirche hält Frieden. Sei willkommen, Wulfrin, und Palma nicht minder!" Seine Blicke liefen rasch zwischen dem Höfling und dem Mädchen: beide schienen ihm befangen. Er wurde es auch, denn er glaubte die Ursache ihres Weges zu wissen, und da sie schwiegen, begann er ein großes Geplauder.

"Sie haben dem guten Ohm böse mitgespielt", erzählte er. "Wir saßen zu dreien in der Stube beim Nachtische, denn die Richterin war nach Chur gekommen, um den Bischof gegen die Lombarden in die Waffen zu treiben, was er ihr als ein Kind des Friedens verweigern mußte. Frau Stemma und der Ohm stritten sich bei den Nüssen, wie sie zuweilen tun, über die Güte der Menschennatur. Nun hatten sich kürzlich zwei arge Geschichten ereignet. Jucunda, die junge Frau des Montafuners, welche Bischof Felix gefirmelt hatte"—

"Mit mir. Sie war sein Liebling", rief Palma, die wieder dicht neben dem Höfling schritt.

"Still!" sagte dieser ungebärdig, und das Mädchen lief nach einer Blume.—"wurde von ihrem Manne mit einem Edelknecht ertappt und durch das Burgfenster geworfen. Wenige Tage später schlug der Schamser mitten im Stiftshofe dem Bergüner nach kurzem Wortwechsel den Schädel ein, und doch hatten sie eben auf die priesterliche Zusprache des Ohms sich geküßt und miteinander den Leib des Herrn empfangen. Solches hielt ihm Frau Stemma vor, doch der Ohm erwiderte: 'Das sind Wallungen und augenblickliche Verfinsterungen der Vernunft, aber die Natur ist gut und wird durch die Gnade noch besser.' Der Ohm ist ein bißchen Pelagianer, hi, hi!"

"Pelagianer?" fragte der Höfling zerstreut, denn sein Blick rief Palma, die ihm gleich wieder zusprang; "ist das nicht eine Gattung griechischer Krieger?"

60

"Nicht doch, Wulfrin, es ist eine Gattung Ketzer. Also: Frau Stemma und der Ohm stritten über das Böse. Da sieht der Bischof, der kurzsichtig ist, auf Felicitas—diesen Namen hat er der nahen Höhe gegeben, wo ihm ein Sommerhaus steht —eine Flamme. Wir feiern den Abzug der Lombarden", lächelte er. Frau Stemma blickt hin und bemerkt in ihrer ruhigen Weise: 'Ich meine, sie sind es selber', und richtig tanzten sie auf dem Hügel wie Dämonen um den Brand.

Da lärmt es auf dem Platz. Ein Bösewicht fällt mit der Türe ins Haus und redet: 'Bischof, tue nach dem Evangelium und gib mir den Rock, nachdem du seine Taschen mit Byzantinern gefüllt hast, denn deine Mäntel haben wir in der Sakristei drüben schon gestohlen!' Der Ohm erstarrt. Jetzt tritt der Lombarde auf Stemma zu, welche im Halbdunkel saß, 'Die Frau da', höhnt er, 'hat einen Heiligenschein um das Haupt, her mit dem Stirnband!' Da erhebt sich Frau Stemma und durchbohrt den Menschen mit ihren fürchterlichen Augen: 'Unterstehe dich!' 'Ja so', sagt er, 'die Richterin!' und biegt das Knie. Da der arme Ohm endlich aufatmete, nach erbrochenen Kisten und Kasten, rief ihn der Höllenkerl wieder vom Domplatze her ans Fenster. Er ritt mit nackten Fersen den schönsten Stiftsgaul, dem er eine purpurne Altardecke übergelegt—sich selbst hatte er ein Meßgewand umgehangen—, und zog dem Kirchenschimmel mit dem entwendeten Krummstab von Chur einen solchen über den blanken Hinterbacken, daß er bolzgerade stieg und der Stab in Trümmer flog. 'Bischof, segne mich!' schrie der Lombarde. Der Ohm in seiner Frömmigkeit besiegte sich. 'Ziehe hin in Frieden, mein Sohn!' sprach er und hob die Hände.

'Dich, Bischof', jauchzte der Lombarde, 'hole der Teufel!'

'Und dich hole er gleichfalls!' gab der Ohm zurück. "Ich hätte es eigentlich nicht erzählen sollen", endete

Gnadenreich halb reuig, "es hat den Ohm schrecklich erbost."

Palma hatte gelacht, auch der Höfling verzog den Mund, und Gnadenreich wurde immer gesprächiger und zutulicher.

"Wir haben uns eine Ewigkeit nicht gesehen, Wulfrin", sagte er. "Ich verließ Rom bald nach dir, aber was habe ich nicht dort noch erlebt! Welche Bekanntschaften habe ich gemacht! Ich ging dein Büchlein im Palaste holen und traf ihn selbst, der es geschrieben. Welch ein Kopf! Fast zu schwer für den kleinen Körper! Was da alles drinnesteckt! Kaum ein Viertelstündchen kostete ich den berühmten Mann, aber in dieser winzigen Spanne Zeit hat er mich für mein Lebtag in allem Guten befestigt. Dann pochte es ganz bescheiden und leise, und wer tritt ein?—ich bitte dich, Wulfrin!—der Kaiser. Ich verging vor Ehrfurcht. Er aber war gnädig und ergötzte sich, denke dir! an deiner Geschichte, Wulfrin, die er sich von mir erzählen ließ"—

Jetzt verstand Graciosus sein eigenes Wort nicht mehr, denn sie gerieten zwischen die Herden und das grüne Pratum wurde voller Geblöke und Gebrülle. Einer der magern und wolfähnlichen Berghunde beschnoberte den Höfling, sprang dann aber liebkosend an ihm auf und beleckte ihn, wenn Graciosus dem Tiere seine Ungezogenheit nicht verwiesen hätte. Palma aber wurde von den Hirtenmädchen umringt und mit Verwunderung angestarrt. Die junge Herrin von Malmort war leutselig und frug alle nach ihren Namen und Herden.

"Ich bin gewiß kein Plauderer", sagte Graciosus, nachdem er Raum geschafft hatte, "aber du begreifst, wenn der Kaiser befiehlt— haarklein mußte ich berichten von Horn und Becher, und zumal die erstaunliche Frau Stemma machte dem hohen Herrn zu schaffen."

Der Höfling blickte verdrießlich.

"Welch ein Mann!" lobpries Gnadenreich. "Der Inhalt und
die Höhe des Jahrhunderts! Wer bewundert ihn genug? Und
doch, aber doch—Wulfrin, ich habe von den Höflingen,
deren Umgang ich nicht ganz meiden konnte, etwas
vernommen, das mich tief betrübt, etwas von einer gewissen
Regine... weißt du es?"

"Das ist seine Kebsin", fuhr Wulfrin ehrlich heraus.

"Schlimm, sehr schlimm! Ein Flecken in der Sonne! Kein
vollkommenes
Beispiel! Und die Karlstöchter?"

"Alle Wetter und Stürme", brauste Wulfrin auf, "wer hat
mich zum Hüter der Karlstöchter bestellt?"

"Die Karlstöchter!" rief mitten aus den Herden Palma, die in
der Entfernung die schallende Rede Wulfrins verstanden
hatte. "Sie heißen: Hiltrud, Rotrud, Rothaid, Gisella, Bertha,
Adaltrud und Himiltrud. Gnadenreich hat eine Tabelle
davon verfertigt." Die rätischen Mädchen wiederholten die
ihnen fremd klingenden Namen und zogen unter jubelndem
Gelächter die junge Herrin mit sich fort.

Gnadenreich verlangsamte den Schritt. Traulich suchte er
die Hand des Höflings. "Die Ehe ist heilig", sagte er, "und
das sollte der Kaiser nicht vergessen, da er so hoch steht. Du
hast erraten, Wulfrin, daß ich außer ihr geboren bin.
Deshalb habe ich eine große Meinung von ihr und eine
wahre Leidenschaft, in der meinigen ein Muster von Tugend
zu sein. Ein gutes Mädchen führe nicht schlecht mit mir. Du
kennst meine Neigung, an der ich festhalte, wenn mir auch
Palma zuweilen Sorge macht. Jetzt sind wir allein—sie

scheint heute lenksam—das könnte die Stunde sein—wenn es dein Wille wäre"—

"Sei nur getrost, Gnadenreich", ermutigte Wulfrin, "die Sache ist abgemacht."

Hätte einer der Gewalttätigen, welche auf den rätischen Felsen nisteten, begehrlich nach Palma gegriffen, Wulfrin möchte ihm ins Angesicht getrotzt und das Schwert aus der Scheide gerissen haben, aber Graciosus war zu harmlos, als daß er ihm hätte zürnen können. Und er selbst fühlte sich mit einem Male von einem dunkeln Schrecken getrieben, die Schwester zu vermählen.

"Abgemacht?" fragte Graciosus, "du willst sagen: zwischen dir und der Richterin? Doch wie meinst du—ist Palma nicht am Ende zu wild und groß für mich?"

"Sei nicht blöde und fackle nicht länger! Willst du sie?"

Die Schreitenden hatten eine Hügelwelle überstiegen und erblickten jetzt diejenige wieder, von der sie redeten. Sie hatte sich von den Hirtinnen getrennt und stand vor einem der tiefen und schnellströmenden Bäche, welche die Hochmatten durchschneiden. Neben ihr irrte ein blökendes Lämmchen, das die Herde verloren hatte, und am Uferrand sitzend, löste sich eine kropfige Bettlerin blutige Lumpen von ihrem wunden Fuße und wusch ihn mit dem frischen Wasser. Rasch entledigte sich das Mädchen der Schuhe, stellte dieselben mit einem mitleidigen Blick neben die Kretine, hob das Lamm in die Arme, watete mit ihm durch die Strömung und ließ es seiner Herde nachlaufen.

Da kam über Gnadenreich eine Erleuchtung. "Ich wage es! Ich nehme sie!" rief er aus. "Sie ist gut und barmherzig mit jeglicher Kreatur!"

"So gehe voraus und richte das Brautmahl! Ich werde für dich werben. Das ist doch dein Kastell?" In einiger Entfernung stieg aus einem Bezirke von Hürden und Ställen ein neugebauter Rundturm, über welchem gerade der Föhn einen ungeheuerlichen Wolkendrachen emportrieb. Gnadenreich bog seitwärts, die Brücke suchend, während der Höfling den reißenden Bach in einem Satze übersprang.

Wulfrin erreichte die Schwester. "Du läufst barfuß, Bräutchen?"

"Ich bin kein Bräutchen, und was nützen mir die Schuhe, wenn ich nicht mit dir durch die Welt laufen darf?"

"Du bist nicht die Törin, das im Ernste zu reden, und die Frau auf
Pratum darf nicht unbeschuht gehen."

"Gnadenreich hat nicht den Mund gegen mich geöffnet."

"Er wirbt durch den meinigen. Nimm ihn, rat ich dir, wenn du keinen andern liebst."

Sie schüttelte den Kopf. "Nur dich, Wulfrin."

"Das zählt nicht."

Sie hob die klaren Augen zu ihm auf. "Geschieht dir damit ein so großer Gefallen?"

Er nickte.

"So tue ich es dir zuliebe."

"Du bist ein gutes Kind." Er streichelte ihr die Wange. "Ich werde euch schützen, daß euch nichts Feindliches widerfahre, und bei eurem ersten Buben Gevatter stehen."

Sie errötete nicht, sondern die Augen füllten sich mit Tränen. "Nun denn", sagte sie, "aber wir wollen langsam gehen, daß es eine Stunde dauert, bis wir Pratum erreichen." Der Turm stand vor ihnen. Dem Höfling aber wurde es offenbar, jetzt da er die Schwester weggab, daß sie ihm das Liebste auf der Erde sei.

"Hier thronen wir wie die Engel", sagte Graciosus, nachdem er seine Gäste die Wendeltreppe empor durch die Gelasse seines Turmes und auf die Zinne geführt hatte, wo das Mahl bereitet war. Der Tisch trug neben den Broten eine Schüssel Milch mit dem geschnitzten Löffel und einen Krug voll schwarzdunkeln Weines, ein bischöfliches Geschirr, denn es war mit der Mitra und den zwei Krummstäben bezeichnet. Die dreie saßen auf einer Bank, das Mädchen in der Mitte. Die ringsum laufende Brüstung reichte so hoch, daß sich kaum darüber wegblicken ließ. Nur der Himmel war sichtbar, und an diesem häuften sich unheimliche schwefelgelbe Wolken.

"Die Milch für mich, für dich der Wein, Wulfrin", sagte Graciosus. "Der verreiste noch glücklich aus dem bischöflichen Keller, ehe ihn die Lombarden leerten. Aber mit wem hält es Fräulein Palma?"

"Mit dir", meinte der Höfling.

Graciosus sprach das Tischgebet. "Nun gleich auch den andern Spruch, frisch heraus, Gnadenreich!" ermunterte Wulfrin.

Da geschah es, daß der Bischofsneffe, so redegewandt er war, sich auf nichts besinnen konnte von alle dem Zärtlichen und Verständigen, was er sich für diesen entscheidenden Augenblick langeher ausgesonnen hatte. Ratlos blickte er in die warmen braunen Augen. Jetzt gedachte er des

Lämmchens und der bloßen Füße und kam in eine fromme Stimmung. "Palma novella", bekannte er, "ich liebe dich von ganzem Herzen, von ganzer Seele und von ganzem Gemüte."

Das war hübsch. Das Mädchen wurde gerührt und reichte ihm die Hand.
Auch Wulfrin mißfiel diese Werbung nicht. "Nun aber wollen wir ein
bißchen lustig sein!" rief er aus. "Das bringe ich euch!" Er hob den
Krug und trank. Graciosus schöpfte einen Löffel Milch und bot ihn dem
Munde seiner Braut. Es war nicht der einzige auf Pratum, aber
Gnadenreich wollte eine sinnbildliche Handlung begehen.

Sie öffnete schon die roten Lippen, da sagte sie: "Heute widersteht mir die Milch. Gib du mir zu trinken, Wulfrin." Er reichte ihr den Krug, und sie schlürfte so hastig, daß er ihr denselben wieder aus den Händen nahm. Darauf schien sie ermüdet, denn sie ließ den Kopf auf die Schulter und allmählich in die Arme sinken und nickte ein. Die Föhnluft wurde zum Ersticken heiß. Wulfrin und Graciosus verstummten ebenfalls, und dieser half sich, indem er seine Milch auslöffelte und nach ländlicher Sitte zuletzt die Schüssel mit beiden Händen an den Mund hob. Wulfrin betrachtete den jungen Nacken. Er enthielt sich nicht und berührte ihn mit den Lippen. Sie erwachte.

"Aber wir sitzen auf dem Turm wie die drei Verzauberten", sagte sie. "Geh, Gnadenreich, hole uns das Buch, wo der Bruder abgebildet ist, das aus dem Stifte—weißt du—, welches du bei deinem letzten Besuche der Mutter, der ich über die Schulter blickte, gezeigt hast." Gnadenreich willfahrte ihr, aber sichtlich ungerne.

Palma suchte und fand das Blatt. Über dem lateinischen Texte war mit saubern Strichen und hellen Farben abgebildet, wie ein Behelmter den Arm abwehrend gegen ein Mädchen ausstreckt, das ihn zu verfolgen schien. Mit dem Krieger deuchte er sich nichts gemein zu haben als den Helm, doch je länger er das gemalte Mädchen beschaute, desto mehr begann es mit seinen braunen Augen und goldenen Haaren Palma zu gleichen. Um die Figur aber stand geschrieben: "Byblis."

"Erzähle und deute, Gnadenreich", bat Palma. Graciosus blieb stumm. "Nun, so will ich erklären. Das hier ist der Bruder auf Malmort, wie er anfangs war und mich wegstößt."

"Das ist nichts für dich, Palma!" wehrte Graciosus ängstlich, "laß!", und er entzog das Buch ihren Händen.

"Ihr seid beide langweilig!" schmollte sie. "Ich gehe lieber. Drüben am Hange sah ich blühende Rosen in dichten Büschen stehen. Ich will mir einen Kranz winden", und sie entsprang.

Ein blendender Blitz fuhr über Pratum weg und dem Höfling durch die
Adern. "Warum hast du ihr das Buch weggenommen?" fragte er gereizt.

"Weil es für Mädchen nicht taugt", rechtfertigte sich Gnadenreich.

"Warum nicht?"

"Die Schwester im Buche liebt den Bruder."

"Natürlich liebt sie ihn. Was ist da zu suchen?"

Graciosus antwortete mit einer Miene des Abscheus: "Sie liebt ihn sündig! sie begehrt ihn."

Wulfrin entfärbte sich und wurde totenbleich. "Schweig, Schurke!" schrie er mit entstellten Zügen, "oder ich schleudere dich über die Mauer!"

"Um Gottes willen", stammelte Graciosus, "was ist dir? Bist du verhext? Wirst du wahnsinnig?" Er war von Wulfrin und dem Buche weggesprungen, in welches dieser mit entsetzten Blicken hineinstarrte. "Ich beschwöre dich, Wulfrin, nimm Vernunft an und laß dir sagen: das hat ein heidnischer Poet ersonnen, leichtfertig und lügnerisch hat er erfunden, was nicht sein darf, was nicht sein kann, was unter Christen und Heiden ein Greuel wäre!"

"Und du liesest so gemeine Bücher und ergötzest dich an dem Bösen,
Schuft?"

"Ich lese mit christlichen Augen", verteidigte sich Gnadenreich beleidigt, "zu meiner Warnung und Bewahrung, daß ich den Versucher kenne und nicht unversehens in die Sünde gleite!"

Die Hände des Höflings zitterten und krampften sich über dem Blatte.

"Bei allen Heiligen, Wulfrin, zerstöre das Buch nicht! Es ist das teuerste des Stiftes!"

"Ins Feuer mit ihm!" schrie der Höfling, und weil kein Herd da war als der lodernde des offenen Himmels, riß er das Blatt in Fetzen und warf sie hoch auf in den wirbelnden Sturm.

Es trat eine Stille ein. Graciosus betrachtete stöhnend das verstümmelte Buch, während Wulfrin mit verschlungenen

Armen und unheimlichen Augen brütete. So beschlich ihn
die zurückkommende Palma und setzte ihm den leichten
von ihr gewundenen Kranz auf das belastete Haupt.

Er fuhr zusammen, da er das Geflechte spürte, zerrte es sich
ab, riß es entzwei und warf es mit einem Fluche dem vom
Laufe erhitzten Mädchen zu Füßen.

Da flammten ihr die Augen und sie streckte sich in die
Höhe: "Du
Abscheulicher! Tust du mir so?" Zornige Tränen drangen
ihr hervor.
"Nun nehme ich auch den Gnadenreich nicht, dir zuleide!"

"Palma", befahl er, "gleich kehrst du nach Hause! Über die
Alp! Wende dich nicht um! Ich gehe durch die Schlucht!
Läufst du mir über den Weg, so werfe ich dich in den
Strom!"

Sie sah ihn jammervoll an. Seine Todesblässe, das gesträubte
Haar, das unglückliche Antlitz erfüllten sie mit Angst und
Mitleid. Sie machte eine Bewegung gegen ihn, als wollte sie
ihm mit beiden Händen die pochenden Schläfen halten.
"Hinweg!" rief er und riß das Schwert aus der Scheide.

Da wandte sie sich. Er blickte über die Brüstung und sah,
wie sie in wildem Laufe durch die Alp eilte. Auch er verließ
das Kastell und schlug, von dem nahen Tosen des Stromes
geführt, den Weg gegen die Schlucht ein, die furchtbarste in
Rätien. Gnadenreich gab ihm kein Geleit.

Da er in den Schlund hinabstieg, wo der Strom wütete, und
er im Gestrüppe den Pfad suchte, störte sein Fuß oder der
ihm vorleuchtende Wetterstrahl häßliches Nachtgevögel auf,
und eine pfeifende Fledermaus verwirrte sich in seinem
Haare. Er betrat eine Hölle. Über der rasenden Flut drehten

und krümmten sich ungeheure Gestalten, die der flammende Himmel auseinanderriß und die sich in der Finsternis wieder umarmten. Da war nichts mehr von den lichten Gesetzen und den schönen Maßen der Erde. Das war eine Welt der Willkür, des Trotzes, der Auflehnung. Gestreckte Arme schleuderten Felsstücke gegen den Himmel. Hier wuchs ein drohendes Haupt aus der Wand, dort hing ein gewaltiger Leib über dem Abgrund. Mitten im weißen Gischt lag ein Riese, ließ sich den ganzen Sturz und Stoß auf die Brust prallen und brüllte vor Wonne. Wulfrin aber schritt ohne Furcht, denn er fühlte sich wohl unter diesen Gesetzlosen. Auch ihn ergriff die Lust der Empörung, er glitt auf eine wilde Platte, ließ die Füße überhangen in die Tiefe, die nach ihm rief und spritzte, und sang und jauchzte mit dem Abgrund.

Da traf der starre Blick seines zurückgeworfenen Hauptes auf ein Weib in einer Kutte, das am Wege sag. "Nonne, was hast du gefrevelt?" fragte er. Sie erwiderte: "Ich bin die Faustine und habe den Mann vergiftet. Und du, Herr, was ist deine Tat?"

Lachend antwortete er: "Ich begehre die Schwester!"

Da entsetzte sich die Mörderin, schlug ein Kreuz über das andere und lief so geschwind sie konnte. Auch er erstaunte und erschrak vor dem lauten Worte seines Geheimnisses. Es jagte ihn auf, und er floh vor sich selbst. Schweres Rollen erschütterte den Grund, als öffne er sich, ihn zu verschlingen. Von senkrechter Wand herab schlug ein mächtiger Block vor ihm nieder und sprang mit einem zweiten Satz in die aufspritzende Flut.

Der Himmel schwieg eine Weile, und Wulfrin tappte in dunkler Nacht. Da erhellte sich wiederum die Schlucht, und auf einer über den Abgrund gestürzten Tanne sah er die

Schwester mit nackten und sichern Füßen gegen sich wandeln, und jetzt lag sie vor ihm und berührte seine Knie.

"Was habe ich dir getan", weinte sie, "warum fliehst, warum verwünschest du mich? Bruder, Bruder, was habe ich an dir gesündigt? Ich kann es nicht finden! Siehe, ich muß dir folgen, es ist stärker als ich! Ich lief drüben, da sah ich den Steg. Töte mich lieber! Ich kann nicht leben, wenn du mich hassest! Tue, wie du gedroht hast!"

Er stieß einen Schrei aus, ergriff, schleuderte sie, sah sie im Gewitterlicht gegen den Felsen fahren, taumeln, tasten und ihre Knie unter ihr weichen. Er neigte sich über die Zusammengesunkene. Sie regte sich nicht, und an der Stirn klebte Blut. Da hob er sie auf mächtigen Armen an seine Brust und schritt, ohne zu wissen wohin, das Liebe umfangend, dem Tale zu.

Er hatte die Klus hinter sich, da sauste es an ihm vorüber, und er erblickte einen Knaben, der ein scheues Roß zu bändigen suchte. "He, Gabriel", rief er ihm nach, "sage der Richterin, sie rüste den Saal und richte das Mahl! Tausend Fackeln entzündet! Malmort strahle! Ich halte Hochzeit mit der Schwester!" Der Sturm verschlang die rasenden Worte. Malmort mit seinen Türmen stand schwarz auf dem noch wetterleuchtenden Nachthimmel.

Mit seiner Last den Burgpfad emporsteigend, sah er oben Lichter hin- und herrennen. Dann begegnete er der geängstigten Mutter, die ihm halben Weges entgegengeeilt war. "Wulfrin", flehte sie mit ausgestreckten Armen, "wo hast du Palma?" "Da nimm sie", sagte er und bot ihr die Leblose.

Viertes Kapitel

Da Wulfrin am folgenden Tage erwachte, lag er unter den schwarzschattenden Büscheln einer gewaltigen Arve, während die Matten ringsum schon in der Mittagssonne schimmerten. Er hatte eben noch, den würzigen Waldgeruch einatmend, heiter und glücklich geträumt von dem Wettspiel in einer römischen Arena und im Speerwurf einen Lorbeerkranz davongetragen. Sein Blut floß ruhig, und seine Stirne war hell.

Nachdem er gestern Palma der Mutter in die Arme gelegt, war er ins Dunkel zurückgewichen. Mit irren Füßen, in ruhelosem Laufe, kreuz und quer, hatte er das Gebiet von Malmort durchjagt, bis weit über Mitternacht hinaus, und war dann im Morgengrauen niedergestürzt und in einen bleiernen Schlaf versunken.

Er fand sich auf einer von leichtgeschwungenen Hügeln umgebenen Wiese, fernab von dem Geläute der Herdglocken, in tiefer Einsamkeit. Nur ein Specht hämmerte, und zwei Eichhörner tummelten und neckten sich in der Mitte ihres grünen Bezirkes. Wulfrin rieb sich den Schlummer aus den Augen und schaute umher. Da entdeckte er über dem Hügelrande die Giebel und Turmspitzen von Malmort. Er ließ sich auf dem Hange gleiten, und sie verschwanden.

Allmählich schlich sich das Gestern an ihn heran, er wehrte es ab, er mißtraute ihm, er wollte, er konnte es nicht glauben. War er nicht der Starke und Freie, der Fröhliche und Zuversichtliche, der dem Feinde ins Auge sah und das Irrsal mit dem Schwerte durchschnitt? Was war denn geschehen? Eine rätselhafte Frau hatte ihn übermocht, zu beschwören, was er nicht bezweifelte. Ein Mädchen, das sich in der Langenweile eines Bergschlosses den vollkommensten Bruder ausgesonnen, war ihm zugesprungen und hatte sich närrisch ihm an den Hals gehängt. Ein tückischer Becher ungewohnten Weines oder das freche Bild einer ausschweifenden Fabel oder der heiße Hauch des Föhnes oder was es sonst gewesen sein mochte, hatte ihn betört und verstört. Und was er an den Felsen geschleudert, war nicht die Schwester—wie hätte sie den gähnenden Abgrund überschritten?—, sondern irgendein Blendwerk der Gewitternacht.

"Und war es die Schwester und habe ich sie zerschmettert, so bin ich ihrer ledig", trotzte er, und zugleich ergriff ihn ein unendliches Mitleid und die inbrünstigste Liebe zu dem jungen Leben, das er mißhandelt und vernichtet hatte. Er sah sie mit allen ihren Gebärden, jedes ihrer süßen und unschuldigen Worte nahm Gestalt an, er schaute in ihre seligen Augen und in ihre wehklagenden. Jetzt fühlte er sie, die sich weinend und schmeichelnd mit ihm vereinigte, und wußte, daß sie noch lebte und atmete. "Meine Seele! Blut meiner Adern!" rief er und wieder: "Palma! Palma!"

"—Palma!" wiederholte das Echo.

"Palma mein Weib!" Das Echo entsetzte sich und verstummte.

Ein tödlicher Schauer durchrieselte sein Mark. Sich auf die Rechte stützend, hob er sich halb von der Erde und langte mit der Linken nach der blutenden Brust wie auf dem Schlachtfelde. "Es sitzt!" ächzte er. "ich bin der Schrankenlose, der Übertreter, der Verdammte! Ich muß sterben, damit die Schwester lebe! Doch womit habe ich den Himmel beleidigt? wodurch habe ich die Hölle gelockt?" Rasch übersann er sein Leben, er fand darin keinen Makel, nur läßlichen Fehl. "Nun, wen's trifft, den trifft's! Ich habe

74

eben das schlimme Los aus dem Helme gezogen und verwundere mich nicht, kenne ich ja die Grausamkeiten der Walstatt. Es geht vorüber!" Da schien ihm denn doch das Dasein ein Gut, so leicht er es sonst wertete, jetzt da er, ob auch unter grimmigen Schrecken, seinen tiefsten Reiz und seine geheimste Lieblichkeit gekostet hatte. Er hob die starken Hände vor das Angesicht und schluchzte...

Mählich verlängerten sich die Schatten, und es wurde still über der Wiese. Da legte sich ihm eine Hand auf die Schulter. Ohne das Haupt zu wenden, sagte er: "Ich komme", und wollte sich erheben, denn er wußte, es war der Tod, der zu ihm trat, um ihn an den jähesten Abgrund zu führen.

"Bleibe, Wulfrin!" sprach weich die Stimme der Richterin, "ich setze mich zu dir", und Frau Stemma ließ sich neben ihn auf das Moos gleiten in einem weiten langen Gewande, das selbst die Spitzen der Füße verhüllte.

"Berühre mich nicht!" schrie er und warf sich zurück. "Ich bin ein
Unseliger!"

"Ich suchte dich lange", sagte sie. "Warum bliebest du ferne? Dir ist bange für Palma? Die wurde nur leicht verwundet, hat aber in tiefer Ohnmacht gelegen. Erwachend hat sie erzählt, wie euch gestern das Gewitter in der Schlucht überraschte, wie sie glitt und die Besinnung verlor. Auf deinen Armen hast du sie getragen."

Wulfrin blieb stumm.

"Oder redete sie unwahr, und du warfest sie an den Felsen, um sie zu zerschmettern?"

Er nickte.

Sie schwieg eine Weile, dann hob sie die Hand und berührte wiederum seine Schulter. "Wulfrin, du hassest deine Schwester oder—du liebst sie!" Sie fühlte, wie der Höfling vom Wirbel zur Zehe zitterte.

"Es ist entsetzlich", stöhnte er.

"Es ist entsetzlich", sagte sie, "aber unerklärlich ist es nicht. Ihr seid ferne voneinander erwachsen, wurdet eurer Angesichter und Gestalten nicht gewöhnt, und so waret ihr euch frisch und neu, da ihr euch fandet, wie ein fremder Mann und ein fremdes Weib. Mutig! Rufe und rufe es deinen Gedanken und Sinnen zu. Palma und Wulfrin sind eines Blutes! Sie werden schaudern und erkalten und nicht länger die himmlische Flamme der Geschwisterliebe verwechseln mit dem schöpferischen Feuer der Erde."

Er antwortete nicht, kaum daß er ihre Worte gehört hatte, sondern murmelte zärtlich: "Warum hast du sie Palma novella getauft? Das ist ein gar seltsamer und schöner Name!"

Stemma erwiderte: "Ich habe sie die junge Palme genannt, weil sie aus
dem Schutte des Grabes frisch und freudig aufsprießt, und, bei meinem
Leben! wer an dem schlanken Stamme frevelt, den richte und töte ich!
Noch ist Palma unschuldig. Deine rasende Flamme hat ihr nicht ein
Härchen der Wimper, nicht den äußersten Saum des Kleides versengt.
Unglücklicher, wie ist ein solches Leiden über dich gekommen?"

"Wie eine Seuche, die aus dem Boden dampft! Aber mein

Schutzengel warnte mich vor Malmort. Da du mich riefest, verschloß ich das Ohr. Ich bog ab und fiel in die Hände der Lombarden. Warum hast du den Pfeil des Witigis gehemmt?" Er starrte vor sich nieder. Dann schrie er verzweifelnd auf und ergriff und preßte den Arm der Richterin, die finstern Augen fest auf das ruhige Antlitz heftend: "Bei dem Haupte Gottes—"

"Bei dem Haupte Palmas", sagte sie.

"Ist sie meine Schwester?"

"Wie sonst? Ich weiß es nicht anders. Was denkst du dir?"

"Dann ist mein Haupt verwirkt und jeder meiner Atemzüge eine Sünde!" Er sprang auf, während sie ihn mit nervigen Armen umschlang, so daß er sie mit sich emporzog.

"Wohin, Wulfrin? In eine Tiefe? Nein, du darfst diesen starken Leib und dieses tapfere Herz nicht zerstören! Nimm dein Roß und reite! Reite zu deinem Kaiser! Mische dich unter deine Waffenbrüder! Ein paar Tagritte, und du bist gesundet und blickst so frei wie die andern!"

"Das geht nicht", sagte er jammervoll. "Wir leiden nicht den geringsten Makel in unserer Schar, und ich sollte verräterisch die Schande unter uns verstecken?"

"So stachle dein Roß, reite Tag und Nacht, über Berg und Fläche, springe in ein Schiff, bringe ein Meer und ein zweites zwischen sie und dich, und wenn dich Delphin und Nixe umgaukelt, tauchen vor dir aus der Bläue Inseln und Vorgebirge, verwegenes Abenteuer und die Schönheit als Beute!"

"Was hülfe es?" sagte er. "Sie zöge mit mir, die Nixe trüge ihr Angesicht, und ich umarmte sie in jedem Weibe! Denn ich bin mit ihr vermählt ewiglich. Nein, ich kann nicht leben!"

"Das ist Feigheit!" sprach sie leise.

Der Schimpf trieb ihm wie ein Schlag das Blut ins Angesicht. Er bäumte sich auf. "Du hast recht, Frau!" schrie er. "Ich darf nicht als ein Feigling umkommen, du selbst sollst mich richten und verurteilen. Am lichten Tag, unter allem Volke, will ich den Greuel bekennen und die Sühne leisten!" So rief er in zorniger Empörung, dann aber besänftigte sich sein Angesicht, denn er hatte die Lösung gefunden, die ihm ziemte.

"Unsinn!" sagte sie. "Solche verborgene Dinge bekennt man nicht dem Tage, denn du bist ein Verbrecher nur in deinen Gedanken. Die Tat aber und nur die Tat ist richtbar."

"Frau, das wird sich offenbaren! Vernimm, was ich tue. Ich wandere zu dem Kaiser und spreche zu ihm: Siehe, Wulfrin der Höfling begehrt das eigene Blut, das Kind seines Vaters! Es ist so, er kann nicht anders. Schaffe den Sünder aus der Welt! Und spricht der Kaiser: Die Tat ist nicht vollbracht, so antwortet Wulfrin: Ich vollbringe sie mit jedem Atemzuge!"

"Auf sündiger Geschwisterliebe", drohte Frau Stemma, "steht das Feuer."

Wulfrin lachte.

"Und du willst vor dem ganzen Volke dastehen in deiner Blöße?"

"Ich will dastehen", sagte er, "als der, welcher ich bin."

"So mangelt dir der Verstand und die Kraft, das Geheimnis der Sünde zu tragen?"

"Das ist Weibes Art und Weibes Lust", sagte er verächtlich.

"Und du wirst mit dem Kaiser kommen, und ich soll dich richten?"

"Du!"

"Das werde ich!" sagte sie und entfernte sich langsam.

Jetzt da Wulfrin sein Schicksal entschieden und vollendet glaubte, kam die Ruhe des Abends über ihn. Er blieb unter seiner Arve, bis die Sonne niederging und der Tag ihr folgte. Und wie sie mit gebrochenen Speeren sich legte und ihr Blut am Himmel verströmte, erlosch er mit ihr und sah sich die Schwester, wie das Spätlicht, im grünen Gewande und auf stillen Sohlen nachschreiten. Das aufgegebene Schwert reute ihn nicht. "Sie werden drüben einen Krieger brauchen", sagte er sich und wandelte schon unter den seligen Helden.

Wie es Nacht war und der Mond leuchtete, ging er sachte bergab, denn er gedachte ein Seitental zu gewinnen und seinen Kaiser zu erreichen, ohne daß er Malmort und die Stapfen der Schwester berühre. Beide wollte er nur am Gerichtstage wiedersehen. Er gelangte an den Strom, der hier ohne Gewalt und Sturz Klippen und Felsen breit überflutete. Das Mondlicht verlockte ihn, sich auf ein Felsstück zu lagern und wunsch- und schmerzlos mit den Wellen dahinzufließen. Er wurde sich selbst zum Traume.

Da sah er Elb oder Elbin tauchen. Es schwamm weiß im Strome, ein
Nacken schimmerte, und jetzt hob der blanke Arm ein Hifthorn in die
Höhe, das der Mond versilberte. Er erkannte sein entwendetes Erbteil
und trat ohne Hast und Erstaunen dem freundlichen Wunder nahe.

"Herr Wulfrin", jubelte eine Knabenstimme, "freue dich! Glück über dir! Ich halte dein Horn!", und Gabriel, der sein Hirtenhemde wieder umgeworfen hatte, sprang zu ihm empor.

"Schon heute mittag", erzählte er, "sah ich es beim Fischen auf dem Grunde. Ich kannte es gleich, doch war ich nicht allein und mußte die Nacht erwarten. Hat es schon lange gelegen?" Er schüttelte das Horn und ließ das Wasser sorgfältig aus der Bauchung abtropfen. "Wenn es nur nicht verdorben ist!" Er hob es an den Mund und stieß darein, daß die Berge widerhallten. "Hier, Herr!" sagte er. "Wahrhaftig, es hat ihm nichts getan. Ein wackeres Schlachthorn!"

Wulfrin ergriff es und hing es sich um. Als er sich aber einen Goldring—irgendein Beutestück—von der Hand ziehen wollte, um den Knaben abzulohnen, wehrte Gabriel. "Nein, Herr, lege lieber ein Wort für mich ein, daß mich der Kaiser mitreiten läßt! Doch jetzt muß ich heim! Ich habe noch in den Ställen zu tun. Kommst du mit? Ich weiß Stapfen an dem Felsen empor, und wir gelangen durch ein Hinterpförtchen noch einmal so rasch in den Hof als auf dem Burgwege."

Und Wulfrin folgte. Die Handlichkeit und Herzlichkeit des Buben hatte seine Sinne und Geister erwärmt. Der Wiedergewinn seines Erbes weckte das Bild des Vaters und die kindliche Gesinnung auf. Und obwohl aus dem Elben ein Menschenknabe geworden war, zitterte doch über dem Strom ein Schimmer von Geisterhilfe. "Am Ende ist es der Vater", sagte er sich, "und er wird mir beistehen, wenn er kann. Wenn er noch irgend da ist, läßt er mich nicht elend umkommen. Ich will ihn rufen. Vielleicht antwortet er. Es ist ein Glaube, daß der Tote aus dem Grabmal mit seinen Kindern redet. Ich wage es! Ich blase ihn wach! Dann frage

80

ich nichts als: Vater, ist Palma dein Kind? Redet er nicht, so nickt er wohl oder schüttelt das Haupt." Obschon der Höfling an Stemma nicht zweifelte, deren Wesen über ihn Gewalt hatte, focht ihn doch der Widerspruch zwischen dem Glauben an die Lebendige und der Frage an den Toten wenig an. Er fühlte einfach, daß er den Vater — wenn dieser zu erreichen sei — befragen und beraten müsse, ehe er sich anklage und sich richten lasse. Aber seine Ruhe war weg, sein Geist gespannt, und er hörte kein Wort von dem, was der Knabe unterweges plauderte.

Ebenso unruhig schritt Stemma hinter dem erhellten Fenster, das der Emporklimmende über dem Burgfelsen aufsteigen sah. Aus der Ferne und Tiefe war ein Ton zu ihr hergedrungen, den sie haßte und den sie vernichtet zu haben glaubte. Während ihr Kind auf dem Lager schlummerte, ging sie rastlos auf und nieder. Sie vergegenwärtigte sich Wulfrin, wie er vor Kaiser und Volk eines seltenen, ja unglaublichen Frevels sich beschuldigte, und ihr wurde bange, daß sie und wie sie über ihn richten werde.

War es denkbar, daß sich die Natur so verirrte? daß ein so lauterer Mensch in eine solche Sünde verfiel? War es nicht wahrscheinlicher, daß hier Irrtum oder Lüge Bruder und Schwester gemacht hatte? So hätte die Richterin ohne Zweifel geforscht und untersucht, wäre sie nicht Stemma und Palma nicht ihr Kind gewesen. Aber sie durfte nicht untersuchen, denn sie hätte etwas Vergrabenes aufgedeckt, eine, zerstörte Tatsache hergestellt, ein Glied wieder einsetzen müssen, das sie selbst aus der Kette des Geschehenen gerissen hatte.

Jetzt begann es mit einem Male vor ihr aufzutauchen, die Sünde des
Unschuldigen sei das gegen sie selbst heranschreitende

Verhängnis.

"Gilt es mir? Wird ein Plan gegen mich geschmiedet? Ist eine Verschwörung im Werke?" rief sie ins Dunkel hinein.

Da hatte sie ein Gesicht. Sie erblickte mit den Augen des Geistes durch die dämmernde Wand, weit in der Ferne und doch ganz nahe, ein gewaltiges Weib von furchtbarer Schönheit. Diese saß in langen, blauen Gewanden, eine Tafel auf das übergelegte Knie gestützt, einen Griffel in der Hand, schreibend oder zählend, irgendeine Lösung suchend. Nach einigem Sinnen ging ein stilles langsames Lächeln über den strengen Mund und schien zu sagen: So ist es gut und siehe, es ist so einfach!

Da glaubte die Richterin eine Feindin sich gegenüber zu sehen und trotzte ihr, Weib gegen Weib. "Das bringst du nicht heraus! Du findest keine Zeugen!" Die Fremde aber hob die Tafel mit beiden Händen empor über die sonnenhellen Augen und verschwand. "Du hast keine Zeugen!" rief ihr die Richterin nach. Ihr antwortete ein erschütternder Ruf, der aus allen Wänden, aus allen Mauern drang, als werde die Posaune geblasen über Malmort.

Stemma erbebte. Sie sprang an das Lager ihres Kindes, um es fest in den Armen zu halten, wenn Malmort unterginge. Palma war nicht erwacht, sie schlief ruhig fort. Die Richterin besann sich. Hatte der grauenhafte Ton in Tat und Wahrheit diese Luft, diese Räume, diese Mauern erschüttert? Müßte Palma nicht aus dem tiefsten Schlummer aufgefahren sein? Es war unmöglich, daß der gewaltige Ruf sie nicht geweckt hätte. Frau Stemma war nicht unerfahren in solchen unheimlichen Dingen: sie kannte die Schrecken der Einbildung und die Sprache der überreizten Sinne. Sie hatte es erfahren an den Schuldigen, die sie richtete, und an sich selbst. "Das Ohr hat mir geklungen", sagte sie, die noch am ganzen Leibe zitterte.

Hätte sie durch Dielen und Mauern blicken können, so sah sie den bleichen Wulfrin, der an der Gruft des Vaters kniete, ins Horn stieß, ihn rührend beschwor, ihm herzlich zusprach, Rede zu stehen. Sie hätte gesehen, wie Wulfrin, da der Stein schwieg, das Horn zum andern Male an den Mund setzte und endlich verzweifelnd über die Mauer sprang.

Wieder schütterte Malmort in seinen Tiefen, stärker noch als das erstemal. Da war kein Zweifel mehr, es war das Wulfenhorn, das sie mitten in Gischt und Sturz geschleudert und in unzugängliche Tiefen hatte versinken sehen. Sie sann an dem ängstlichen Rätsel und konnte es nicht lösen. Sie sann, bis ihr die Stirnader schwoll und das Haupt stürmte.

Da fiel ihr zur bösen Stunde der Comes ein, wie er murmelnd im Schilfe sitze und mit dem schweren Kopfe unablässig daran herumarbeite, ob Frau Stemma ihm ein Leides getan. "Er besucht sein Grabmal und stößt in sein Horn! Er stört die Nacht! Er verwirrt Malmort! Er schreckt das Land auf! Das leide ich nicht! Ich verbiete es ihm! Ich bringe den Empörer zum Schweigen!" Und der Wahn gewann Macht über diese Stirn.

Ohne sich nach Palma umzusehen, stürzte sie zornig die Wendeltreppe hinab und betrat den Hof, wo der Comes und ihr eigenes Bild auf der Gruft lagen. Darüber webte ein ungewisser Dämmer, da eine leichte Wolke den Mond verschleierte. Der Comes ließ sein Horn zurückgleiten, und die steinerne Stemma hob die Hände, als flehe sie: Hüte das Geheimnis!

Aufgebracht stand die Richterin vor dem Ruhestörer. "Arglistiger", schalt sie, "was peinigst du mein Ohr und bringst mein Reich in Aufruhr? Ich weiß, worüber du brütest, und ich will dir Rede stehen! Keine Maid hat dir der Judex gegeben! Ich trug das Kind eines andern! Du durftest mich nie berühren, Trunkenbold, und am siebenten Tage begrub dich Malmort! Siehst du dieses Gift?" Sie hob das Fläschchen aus dem Busen. "Warum ich leben blieb, die dir den Tod kredenzte? Dummkopf, mich schützte ein Gegengift! Jetzt weißt du es! Palma novella unter meinem Herzen hat dich umgebracht! Und jetzt quäle mich nicht mehr!"

So grelle und freche Worte redete die Richterin.

Durch ihr lautes Schelten zu sich selbst gebracht, betrachtete sie wieder den Comes, der jetzt im klarsten Mondenlichte lag. Die furchtbare Geschichte kümmerte ihn nicht, er lag regungslos mit gestreckten Füßen. Jetzt sah sie, daß sie zum Steine gesprochen, und schlug eine Lache auf. "Heute bin ich eine Närrin!" sagte sie. "Ich will zu Bette gehen."

Sie wandte sich. Palma novella stand hinter ihr, weiß, mit entgeisterten Augen, das Antlitz entstellt, starr vor Entsetzen. Der zweite Hornstoß hatte sie geweckt, und sie war der Mutter auf besorgten Zehen nachgeschlichen.

Zwei Gespenster standen sich gegenüber. Dann packte Stemma den Arm des Mädchens und schleppte es in die Burg zurück. Sie selbst hatte ihrem Geheimnisse einen Mund und einen Zeugen gegeben, und dieser Zeuge war ihr Kind.

Fünftes Kapitel

Seit der Höfling aus Malmort verschwunden war, lastete auf den schweren Mauern Schweigen und Kümmernis. Das Gesinde munkelte allerlei, und Knechte und Dirnen steckten die Köpfe zusammen. Die junge Herrin sei krank. Es sei ihr angetan worden. Irgendein Zauber—ob sie einer Drude begegnet oder ein giftiges Kraut verschluckt oder aus einem schädlichen Quell getrunken—habe die Ärmste der Vernunft beraubt. Ihr mangle der Schlummer, sie weine unablässig und lasse sich weder trösten noch auch nur berühren. Ihr widerstehe Speise und Trank und sie schwinde zum Gerippe. Die Laute und Wilde sei gar still und zahm und ihr Lebensfaden zum Reißen dünn geworden. Die bekümmerte Richterin folge ihr auf Schritt und Tritt und dürfe sie nicht aus den Augen lassen.

Zwei Mägde standen am Brunnen zusammen und flüsterten. Benedicta war der jungen Herrin unversehens im Flur begegnet und wollte ihr gebührlich die Hand küssen. Palma sei angstvoll zurückgewichen und habe aufgeschrien: "Rühre mich nicht an!" Veronica hatte durch das Schlüsselloch gespäht und was erblickt? etwas ganz Unglaubliches: die stolze Frau Stemma vor ihrem Kinde niedergeworfen, ihm liebkosend die Knie umfangend und um die Gnade flehend, daß es den Mund öffne und einen Bissen berühre.

Die Mägde verstummten, hoben sich die Krüge zu Haupte und drückten sich, eine hinter der andern, während langsam die Richterin mit Palma aus der Pforte trat und die Stufen herunterschritt. Frau Stemma stützte das Mädchen, das, elend und zerstört, sich selbst nicht mehr gleichsah. Palma ging mit gebeugtem Rücken und unsichern Knien. Groß, doch ohne Strahl und Wärme, traten die Augen aus dem vermagerten Antlitz. "Komm, Kindchen", sagte Frau Stemma, "du mußt Luft schöpfen", und sie öffnete ein Gatter, das auf eine zirpende und summende Wiese führte, die einen weiten leicht geneigten Vorsprung der Burghöhe bekleidete und über die Grenzlinie der unsichtbaren Tiefe hinweg in eine lichte Ferne verlief.

Sie setzten sich auf eine Bank, und Frau Stemma betrachtete ihr Kind. Da ergrimmte sie und weinte zugleich in ihrem Herzen über die Verwüstung des einzigen, was sie liebte. Aber sie blieb aufrecht und gürtete sich mit ihrer letzten Kraft. "Wie", sagte sie sich, "Mir gelänge es nicht, dieses Gehirnchen zu betören, dieses Herzchen zu überwältigen?"

"Mein Kind", begann sie, "hier sind wir allein. Laß uns noch einmal recht klar und klug miteinander reden"—

"Wenn du willst, Mutter."—"miteinander reden von dem

Wahne jener Nacht. Ich wachte, du schliefest. Da lärmt es im Hofe. Ich gehe hinunter, es war nichts, und ich lache über meinen leeren Schrecken. Ich wende mich. Du stehst vor mir nachtwandelnd, mit offenen stieren Augen. Ich ergreife dich und führe dich in das Haus zurück. Und du erwachst aus dem abscheulichen Traume, der dich jetzt peinigt und zugrunde richtet."

"Ja und nein, Mutter. Mich weckte ein Ruf, ich sehe dich hinauseilen und folge dir auf dem Fuße. Du standest im Hofe vor den Steinbildern und schaltest den Vater und erzähltest ihm"—sie hielt schaudernd inne.

"Was erzählte ich?" fragte die Richterin.

"Du sagtest"—Palma redete ganz leise—"daß ich nicht sein Kind bin. Du sagtest, daß ich schon unter deinem Herzen lag. Du sagtest, daß du und ich ihn getötet haben."

"Liebe Törin", lächelte Frau Stemma, "nimm all dein Denken zusammen und verliere keines meiner Worte. Ich hätte mit einem Steine geredet? als eine Abergläubische? oder eine Närrin? Kennst du mich so? Und du wärest nicht das Kind des Comes? Mit wem war ich denn sonst vermählt? Habe ich dir nicht erzählt, daß ich eine Gefangene war auf Malmort, bis mich der Comes freite? Und ich hätte den Gatten getötet? Ich, die Richterin und die Ärztin des Landes, hätte Gifte gemischt? Kannst du das glauben? Hältst du das für möglich?"

"Nein, Mutter, nein! Und doch, du hast es gesagt!"

"Palma, Palma, mißhandle mich nicht! Sonst müßte ich dich hassen!"

Palma brach in trostlose Tränen aus und warf sich gegen die Brust der Mutter, die das schluchzende Haupt an sich preßte. "Du bringst mich um mit deinem Weinen", sagte sie. "Glaube mir doch, Närrchen!"

Palma hob das Angesicht und blickte um sich. "Weidet hier am Rande ein Zicklein, Mutter?"

"Ja, Palma."

"Läutet dort Maria in valle?" Sie wies ein im Tale
schimmerndes
Kloster.

"Ja, Palma."

"Ebenso wahr, als ich jetzt nicht träume und das Zicklein weidet und
das Kirchlein läutet, ebensowenig habe ich geträumt, daß du vor
Wulfrins Vater gestanden und ihn angeredet hast. Es war so, es ist so.
Du sprächest immer die Wahrheit, Mutter."

"Ich sage dir, Palma, es ist ein Traum. Und ich will, daß es ein
Traum sei."

Palma erwiderte sanft: "Belüge mich nicht, Mutter! Habe ich doch vorhin, da du mich an dich preßtest, den scharfen Kristall empfunden, welchen du aus dem Busen gezogen und dem Comes gezeigt hast."

Die Richterin schnellte empor mit einem feindseligen Blicke gegen ihr
Kind, glitt aber langsam auf die Bank zurück, und nachdem sie eine
Weile in den Boden gestarrt, sagte sie: "Wäre es so und hätte ich so

getan, so wäre es deinetwegen."

"Ich weiß", sagte Palma traurig.

"Habe ich es getan", wiederholte Stemma, "so tat ich es dir
zuliebe.
Ich tötete, damit mein Kind rein blieb."

Palma zitterte.

"Warum hast du dich in mein Geheimnis gedrängt,
Unselige?" flüsterte Stemma ingrimmig. "Ich hütete es. Ich
verschonte dich. Du hast es mir geraubt! Nun ist es auch
das deinige, und du mußt es mir tragen helfen! Lerne
heucheln, Kind, es ist nicht so schwer, wie du glaubst! Aber
wo sind deine Gedanken? Du bist abwesend! Wohin träumst
du?"

"Was ist aus Wulfrin geworden?" fragte sie leise, und eine
schwache
Röte glomm und verschwand auf den gehöhlten Wangen.

"Ich weiß nicht", sagte die Richterin.

"Jetzt verstehe ich, daß er mich verabscheut", jammerte
Palma. "O ich Elende! Er stößt mich von sich, weil er Mord
an mir wittert. Mir graut vor meinem Leibe! Läge ich
zerschmettert!"

"Ängstige dich nicht! Wulfrin hat keinen Argwohn. Er ist
gläubig und er traut."

"Er traut!" schrie Palma empört. "Dann eile ich zu ihm und
sage ihm alles wie es ist! Ich laufe, bis ich ihn finde!" Sie
wollte aufspringen, die Mutter mußte sie nicht
zurückhalten, erschöpft und entkräftet sank sie ihr in den
Schoß.

"Ich verrate dich, Mutter!"

"Das tust du nicht", sagte Stemma ruhig. "Mein Kind wird nicht als
Zeugin gegen mich stehen."

"Nein, Mutter."

Die Richterin streichelte Palma. Diese ließ es geschehen. Darauf sagte sie wieder: "Mutter, weißt du was? Wir wollen die Wahrheit bekennen!"

Frau Stemma brütete mit finstern Blicken. Dann sprach sie: "Foltere mich nicht! Auch wenn ich wollte, dürfte ich nicht. Dieser wegen!", und sie deutete auf ihr Gebiet. "Würde laut und offenbar, daß hier während langer Jahre Sünde Sünde gerichtet hat, irre würden tausend Gewissen und unterginge der Glaube an die Gerechtigkeit! Palma! Du mußt schweigen!"

"So will ich schweigen!"

"Du bist meine tapfere Palma!" und die Richterin schloß ihr den Mund mit einem Kusse. "Aber Kind, Kind, wie wird dir?" Palmas Augen waren brechend, und das Herz klopfte kaum unter der tastenden Hand der Mutter. Diese bettete die Halbentseelte und eilte verzweifelnd in die Burg zurück.

Sie kam wieder mit einer Schale Wein und einem Stücklein Brot. Sie kniete sich nieder, brach und tunkte den Bissen und bot ihn der Entkräfteten. Diese wandte sich ab.

Da bat und flehte die Richterin: "Nimm, Kind, deiner Mutter zuliebe!" Jetzt wollte Palma gehorchen und öffnete den entfärbten Mund, doch er versagte den Dienst.

Stemma sah eine Sterbende. Da starb auch sie. Ihr Herz

stand stille. Ein Todeskrampf verzog ihr das Antlitz. Eine Weile kniete sie starr und steinern. Dann verklärte sich das Angesicht der Richterin, und ein Schauer der Reinheit badete sie vom Haupt zur Sohle.

"Palma", sagte sie zärtlich, und dieser warme Klang, hob die Lider des
Kindes, "Palma, was meinst du? Ich lade den Kaiser ein nach Malmort.
Wir treten vor ihn Hand in Hand, wir bekennen und er richtet." Da
freuten sich die Augen Palmas, und ihre Pulse schlugen.

"Nimm den Bissen", sagte die Richterin und speiste und tränkte ihr
Kind.

Sie führte die Neubelebte in den Hof zurück. In der Mitte desselben stand Rudio, noch keuchend vom Ritte. "Heil und Ruhm dir, Herrin!" frohlockte er. "Ich melde den Kaiser! Der Höchste sucht dich heim! Er naht! Er zieht mächtig heran und mit ihm ganz Rätien!"

"Dafür sei er gepriesen!" antwortete die Richterin. "Komm, Kind, wir wollen uns schmücken!"

Da Kaiser Karl mit allem Volke den Burgweg erstiegen hatte, hieß er Gesinde und Gefolge vor dem Tore zurückbleiben und betrat allein den Hof von Malmort. Stemma und Palma standen in weißen Gewändern. Die Richterin schritt dem Herrscher entgegen und bog das Knie. Palma hinter ihr tat desgleichen. Karl hob die Richterin von der Erde und sagte: "Du bist die Frau von Malmort. Ich habe deine Botschaft empfangen und bin da, Ordnung zu schaffen, wie du gefordert hast. Hier ist Freiheit in Frevel und Kraft in Willkür entartet. Ich will diesem Gebirge einen Grafen setzen. Weißt du mir den Mann?"

"Ich weiß ihn", antwortete die Richterin. "Es ist Wulfrin, Sohn Wulfs, dein Höfling, ein treuer und tapferer Mann, zwar noch leichtgläubig und unerfahren, doch die Jahre reifen."

"Ich führe ihn mit mir", sprach der Kaiser, "aber als einen, der sich selbst anklagt und dein Gericht begehrt, sich so großen Frevels anklagt, daß ich nicht daran glauben mag. Frau, heute ist mir unter diesem leuchtenden Berghimmel ein Zeichen begegnet. Vor deiner Burg hat mein Roß an einer Toten gescheut, die mitten im Wege lag. Ich ließ sie aufheben. Es ist deine Eigene. Sie harrt vor der Schwelle."

Er dämpfte die Stimme: "Frau, was verbirgt Malmort? Wärest du eine andere, als die du scheinest, und stündest du über einem begrabenen Frevel, so wäre deine Waage falsch und dein Gericht eine Ungerechtigkeit. Lange Jahre hast du hier rühmlich gewaltet. Gib dich in meine Hände. Mein ist die Gnade. Oder getraust du dich, Wulfrin zu richten?"

"Herr", antwortete sie, "ich werde ihn und mich richten unter deinen Augen nach der Gerechtigkeit." Karl betrachtete sie erstaunt. Sie leuchtete von Wahrheit. "So walte deines Amtes", sagte er.

Dann ging er auf das kniende Mädchen zu. "Palma novella!" sagte er und hob sie zu sich empor. Sie blickte ihn an mit flehenden und vertrauenden Augen, und sein Herz wurde gerührt.

"Rudio", gebot die Richterin, "bringe Faustinen her!" Der Kastellan gehorchte und trug die Bürde herbei, die er an den Grabstein lehnte. "Jetzt tue auf das Tor und öffne es weit! Alles Volk trete ein und sehe und höre!"

Da wälzte sich der Strom durch die Pforte und füllte den Raum. Die Höflinge scharten sich um den Kaiser, Alcuin und Graciosus unter ihnen, während die Menge Kopf an Kopf stand und selbst Tor und Mauer erklomm, ein dichter und schweigender Kreis, in dessen Mitte die Gestalt des Kaisers ragte, in langem, blauem Mantel, mit strahlenden Augen. Neben ihm Stemma und ihr Kind. Vor den dreien stand Wulfrin und sprach, den Blick fest und ungeteilt auf Stemma geheftet: "Jetzt richte mich!"

"Gedulde dich!" sagte sie. "Erst rede ich von dieser", und sie wies auf die entseelte Faustine, die mit gebrochenen Augen und hängenden Armen an der Gruft saß.

"Räter", sprach sie, und es wurde die tiefste Stille, "ihr kennet jene dort! Sie hat unter euch gewandelt als eine Rechtschaffene, wofür ihr sie hieltet. Nun ist ihr Mund verschlossen, sonst riefe er: Ihr irret euch in mir! Ich bin eine Sünderin. Ich, die das Kind eines andern im Schoße barg, habe den Mann gemordet"—

"Frau", schrie Wulfrin ungeduldig, "was bedeutet die Magd! Mich laß reden, meinen Frevel richte, damit ein Ende werde!"

"Nun denn! Aber zuerst, Wulfrin—nicht wahr, wenn diese hier"—sie zeigte Palma—"nicht das Kind deines Vaters, nicht deine Schwester, sondern eine andere und Fremde wäre, dein Frevel zerfiele in sich selbst?"

"Frau, Frau!" stammelte er.

"Kaiser und Räter", rief Stemma mit gewaltiger Stimme, "ich habe getan wie Faustine. Auch ich war das Weib eines Toten! Auch ich habe den Gatten ermordet! Die Herrin ist wie die Eigene. Hört! Nicht ein Tropfen Blutes ist diesen zweien gemeinsam!" Sie streckte den Arm scheidend zwischen Wulfrin und Palma. "Hört! hört! Kein Tropfen gleichen Blutes fließt in diesem Mann und in diesem Weibe! Zweifelt ihr? Ich stelle euch einen Zeugen. Palma novella, das Kind Stemmas und Peregrins des Klerikers, hat das Geheimnis meiner Tat belauscht. Sie glaubt daran und stirbt darauf, daß ich wahr rede. Gib Zeugnis, Palma!"

Aller Augen richteten sich auf das Mädchen, das mit gesenktem Haupte dastand. Palma bewegte die Lippen.

"Lauter!" befahl die Richterin.

Jetzt sprach Palma hörbar den Vers der Messe: "Concepit in iniquitatibus me mater mea..."

Da glaubte das Volk und entsetzte sich und stürzte auf die Knie und murmelte: "Miserere mei!" Wulfrin streckte die Arme und rief gen Himmel: "Ich danke dir, daß ich nicht gefrevelt habe!" Karl aber trat zu Palma und hüllte sie in seinen Mantel.

"Nun richte du, Kaiser!" sprach Stemma.

"Richte dich selbst!" antwortete Karl.

"Nicht ich", sagte sie, wendete sich zu dem Volke und rief: "Gottesurteil! Wollt ihr Gottesurteil?"

Es redete, es rief, es dröhnte: "Gottesurteil!"

Da sprach die Richterin feierlich: "Erstorbenes Gift, erstorbene Tat! Lebendige Tat, lebendiges Gift!" und hatte den Kristall aus dem Busen gehoben und geleert.

Eine Weile stand sie, dann tat sie einen Schritt und einen zweiten wankenden gegen Wulfrin. "Sei stark!" seufzte sie und brach zusammen. Rudio neigte sich über die Tote, hob sie auf seine Arme und trug sie zu Faustinen. Dort saß sie am Grabe, die Hörige aber neigte sich und legte das Antlitz in den Schoß der Herrin.

Jetzt enthüllte der Kaiser das Mädchen, das einen jammervollen Blick nach der Mutter warf, faltete die Hände und gebot. "Oremus pro magna peccatrice!" Alles Volk betete.

Dann sagte er mit milder Stimme: "Was wird aus diesem Kinde? Ich ziehe nicht, bis ich es weiß. Wie rätst du, Alcuin?"

"Sie tue die Gelübde!" rief der Abt.

"Ehe sie gelebt hat?" schrie Wulfrin angstvoll.

"Dann weiß ich ein anderes. Graciosus"—der Abt hielt ihn an der
Hand—"dieser hier, ein frommer Jüngling, hat ein Wohlgefallen an der
Ärmsten"—

"Herr Abt", unterbrach ihn der aufgeregte Gnadenreich, "das geht über
Menschenkraft. Mir graut vor dem Kinde der Mörderin. Alle guten
Geister loben Gott den Herrn!"

Wulfrin sprang in die Mitte. "Kaiser und ihr alle", rief er, "mein ist Palma novella!"

Da redete Karl: "Sohn Wulfs, du freiest das Kind seiner Mörderin?
Überwindest du die Dämonen?"

"Ich ersticke sie in meinen Armen! Hilf, Kaiser, daß ich sie überwältige!"

Karl hieß das Mädchen knien und legte ihr die Hände auf das Haupt. "Waise! Ich bin dir an Vaters Statt! Begrabe, die deine Mutter war! Dieser folge mir ins Feld! Gott entscheide! Kehrt er zurück und stößt er ins Horn, so freue dich, Palma novella, fülle den Becher und vollende den Spruch! Dann entzündet Rudio die Brautfackel und schleudert sie in das Gebälke von Malmort!"

www.ingramcontent.com/pod-product-compliance
Lightning Source LLC
Chambersburg PA
CBHW020036030726
47499CB00007B/2453